Amélie und der deutsche Major II

AF220693

Mein spezieller Dank gilt zwei wunderbaren Freundinnen:
Angélique aus Krems, die mich ermuntert hat eine Fortsetzung von „Amélie und der deutsche Major" zu schreiben
u n d
Elke aus Hamburg, die mir das Foto für mein Cover geschenkt hat.

Juergen von Rehberg

Amélie und der deutsche Major II

Lebenswogen

Bibliografische Information der Deutschen Nationalbibliothek:
Die Deutsche Nationalbibliothek verzeichnet diese
Publikation in der Deutschen Nationalbibliografie;
detaillierte bibliografische Daten sind im Internet
über http://dnb.dnb.de abrufbar.

Herstellung und Verlag: BoD – Books on Demand,
Norderstedt

ISBN: 978-3-*7519-0211-3*

Seit dem Tod von Jaques vorm Walde waren schon mehrere Wochen vergangen, und in dieser Zeit hatte sich einiges ereignet.

Während Jaques Ehefrau Franziska und Jean-Marie, der Sohn von Jaques aus erster Ehe, die von Jaques gewünschte Seebestattung allein vollzogen hatten, so gab es eine Woche später eine kleine intime Feier.

Roger, der Sohn von Pierre war mit seiner Ehefrau Ninette und Sohn Claude angereist, um das Andenken von Jaques zu ehren.

Manon, einzig noch lebendes Mitglied aus der Résistance, hatte darauf bestanden, mitzukommen, obwohl ihr das Reisen schon sehr große Mühe machte.

Nun saßen sie alle zusammen, vereint in Trauer und lieben Gedanken an den Verstorbenen.

Roger hatte sich erhoben, um eine kleine Rede zu halten.

„Es ist schade, dass Papa das nicht miterleben kann. Ich wünschte, er säße hier, neben Manon, und würde mit uns das Leben feiern.

Er hat mir oft erzählt, wie das damals war, als die Deutschen Paris besetzt hatten, und wie ein deutscher Major, Jaques Vater, sich ausgerechnet in ein Mitglied der Résistance verliebt hat."

Manon nickte zustimmend. Ihr, von vielen Zeichen des Alters gezeichnetes Gesicht, wurde von einem feinen Lächeln umspült.

Sie musste gerade daran denken, wie sehr sie A-mélie um den hübschen „Suisse" beneidete, von dem alle glaubten, er wäre ein Schweizer Hotelierssohn, und den sie selbst gern für sich gehabt hätte.

Roger, der zu Manon geblickt hatte, als er das sagte, musste ebenfalls lächeln. Sein Vater Pierre hatte ihm davon erzählt, dass Amélie und Manon Rivalinnen gewesen sind. Roger fuhr mit seiner Rede fort.

„Und wie dann die beiden, in Liebe verbunden, dem Krieg den Rücken gekehrt haben, um in einem freien Land zu leben.

Sie landeten, nach einer abenteuerlichen Flucht, in der Schweiz, um danach mit dem Flugzeug weiterzu-fliegen, über Lissabon nach Dakar, und von dort wei-ter mit dem Schiff, nach Port-au-Prince.

Hermann und Amélie haben auf Haiti eine Kaffee-plantage gegründet, und wenige Zeit später auch eine Familie; Jaques wurde geboren.

Das Unternehmen prosperierte, und der Knabe wuchs heran. Als er alt genug war, wurde Jaques nach Paris geschickt, um an der Sorbonne zu studie-ren.

Am Ende seines Studiums, blieb er noch eine Weile in Paris, wo er auch Marie kennenlernte, und schon bald darauf heiratete.

Als Marie schwanger wurde, schien das Glück vollkommen zu sein. Am Tag der Geburt hat das Glück jedoch seine Hand zurückgezogen, denn für das Leben des Kindes musste Marie ihr eigenes geben.

Jaques kam damit nicht zurecht und ertränkte seinen Schmerz in Alkohol. Er dachte sogar an Selbstmord, hat es aber nicht getan.

Als seine Eltern von Einheimischen feige ermordet wurden, und deren Lebenswerk dem Verfall drohte, wachte Jaques auf.

Er hörte mit dem Trinken auf, steckte Jean-Marie, der damals gerade einmal zehn Jahre alt war, in ein Internat, und kümmerte sich um die Firma.

Damit begann eine schwere Zeit, sowohl für den Vater des Kindes als auch für das Kind selbst. Es hat Jahre gedauert, bis Vater und Sohn zusammengefunden haben.

Und viele Jahre später, als er selbst nicht mehr daran glaubte, schaute das Glück wieder beim Fenster herein. Jaques lernte Francine kennen und lieben."

Rogers Blick wanderte zu Franziska, die jedes seiner Worte, mit Tränen in den Augen und voller Dankbarkeit in sich aufsog.

„ *Und wieder einmal hielt es das Glück nicht lange aus. Das Schicksal trat an seine Stelle, um dir den geliebten Ehemann, dir den Vater und uns den Freund zu nehmen.* "

Während Roger das sagte, wanderte sein Blick zu den einzelnen Personen, die wie gebannt seinen Worten lauschten.

Eine unbeschreiblich schöne Stimmung hatte den ganzen Raum erfüllt, welche sich wie ein samtweicher Schal um die verletzten Seelen schlang.

„ *Wir sind heute hier zusammengekommen, um Jaques zu gedenken, in Trauer und in Freude.*

In Trauer, weil er nicht mehr unter uns weilt, und in Freude, weil wir ihn kennenlernen durften und ein Stück weit, Teil seines Lebens waren. "

Roger erhob sein Glas und fügte hinzu:

„ *Lasst uns auf Jaques trinken und auf die Lebenden. Santé, mes amis!* "

Die Freunde aus Paris blieben noch ein paar Tage, bevor sie wieder zurückflogen. Jean-Marie zeigte ihnen die Insel und die Plantage, und beim Verabschieden versicherte man sich gegenseitig, in Verbindung zu bleiben.

*****

Jean-Marie hatte, in Absprache mit Francine, den Namen seines Vaters in die weiße Marmortafel eingravieren lassen.

Jaques hatte sie einst zum Gedenken an die ermordeten Eltern anfertigen und im Garten aufstellen lassen.

Sie stand unter einem der Mahagonibäume und war einen guten Meter hoch. Über den eingravierten Namen war der Zweig eines Kaffeebaums stilisiert.

Jetzt standen, unter den Namen von Hermann und Amélie vorm Walde, auch die Namen Marie und Jaques vorm Walde.

Francine hatte sich auf der Bank niedergelassen, welche neben dem Gedenkstein aufgestellt war.

Es war ein herrlicher Spätsommertag, und der Gesang der Vögel verlieh dem Besucher ein Gefühl der inneren Ruhe und Geborgenheit.

Francine betrachtete den Stein. Als sie zum ersten Mal hier saß und den Namen von Jaques, neben dem von Marie las, stieg für einen kurzen Moment ein Gefühl der Eifersucht in ihr auf.

Sie wies dieses Gefühl sofort wieder von sich und empfand stattdessen große Scham. Sie musste daran denken, dass ihr eigener Name irgendwann einmal dazu graviert werden würde.

Und dann wären sie alle wieder vereint in Harmonie, bar jeglicher Eifersucht. Was für ein wunderbarer Gedanke.

Francines Blick wanderte über die Buchstaben der eingravierten Namen.

„Hallo, Hermann und Amélie", sagte sie liebevoll, *„ich hätte euch sehr gern kennengelernt. Allein, um aus eurem Mund die Geschichte eurer abenteuerlichen Flucht zu hören."*

Ihr Blick wanderte weiter zu Marie.

„Hallo, Marie! Es tut mir leid, dass ich eifersüchtig auf dich war. Wenn auch nur für einen kurzen Augenblick. Du warst sicher eine wunderbare Frau, wie sonst hätte Jaques dich zur Frau genommen."

Als Francines Blick bei Jaques angelangt war, füllten sich ihre Augen mit Tränen.

„Hallo, mein Liebster", sagte sie mit tränenerstickter Stimme, *„es tut noch immer so weh. Ich weiß nicht, wie ich ohne dich leben soll. Deine Liebe fehlt mir so sehr."*

Francine hörte Schritte. Es war Jean-Marie.

„Salut, Francine!"

Jean-Marie setzte sich neben Francine und legte seinen Arm um sie.

„Hier ist Papa oft gesessen. Im Gegensatz zu dir hatte er meist ein Glas Wein in der Hand. Was meinst du, soll ich uns ein Glas holen?"

Francine schaute in das fröhliche Gesicht von Jean-Marie. Sie beneidete ihn fast ein wenig, wie unbeschwert er mit dem Tod seines Vaters umging, obwohl er ihn ebenso sehr liebte wie Francine.

„Nein, danke", antwortete Francine, „es ist noch zu früh für ein Glas Wein."

„Für ein gutes Glas Wein ist es nie zu früh", erwiderte Jean-Marie lachend.

„Du bist ein Filou¹", sagte Francine, „vielleicht später."

„Wie gefällt dir der Stein?", fragte Jean-Marie, und Francine antwortete:

„Sehr; es ist eine wunderbare Idee. Und der Platz dafür ist perfekt. Man kann so den geliebten Menschen nahe sein."

„Das stimmt", antwortete Jean-Marie, und dann stellte er Francine eine überraschende Frage:

„Stört es dich, dass der Name von Papa neben Mama steht?"

---

¹ Schlitzohr

Francine spürte, dass sie zu erröten begann. Mit einer hastigen Bewegung fuhr sie über ihr Gesicht, gerade so, als wolle sie die Röte damit wegwischen.

„*Aber nein*", antwortete sie sogleich, um dem Gesagten ein „Mehr" an Wahrheit zu verleihen.

Sie blickte verstohlen zu Jean-Marie, in der Hoffnung, er würde ihre Verzweiflungstat nicht entdeckt haben.

„*Das freut mich*", sagte Jean-Marie.

Die Art, wie er es gesagt hatte, brachte Erleichterung für Francine. Jean-Marie hatte ihr kurzes verwirrt Sein nicht entdeckt.

„*Ich lasse dich dann wieder allein*", sagte Jean-Marie und entfernte sich. Zuvor gab er Francine noch einen Kuss auf die Stirn.

Francine lächelte. Sie schaute Jean-Marie nach, bis er ihrem Blick entschwunden war. Dann wanderte ihr Blick wieder zurück auf den Stein mit dem Namen ihres Liebsten und sagte:

„*Ich finde, du hast einen wunderbaren Sohn; und ein bisschen ist er auch mein Sohn. Ich hoffe, du hast nichts dagegen.*"

*****

Die Übelkeit, von der Francine in den letzten Tagen immer wieder heimgesucht worden war, hatte einen guten Grund.

„Sie sind schwanger, mein Kind."

Als Professor Moreau diese bedeutsamen Worte sagte, fühlte sich Francine einer Ohnmacht nahe.

Gabriel Moreau war mehr als nur ein Arzt. Er war der Familie vorm Walde seit vielen Jahren als Freund verbunden.

Francine hatte ihn aufgesucht, weil sie die Ursache ihrer immer wiederkehrenden Übelkeit abklären lassen wollte. Sie hatte mit allem Möglichen als Ursache dafür gerechnet; aber ganz sicher nicht mit dieser.

Der Professor schaute in das entsetzte Gesicht von Francine und fragte:

„Freuen Sie sich denn gar nicht, meine Liebe?"

„Verzeihen Sie, Herr Professor", stammelte Francine, *„es kommt nur so plötzlich."*

„Na ja", erwiderte der Professor mit einem Lächeln, *„das wollen wir doch nicht hoffen. Neun Monate sollte es schon dauern."*

Jetzt löste sich Francine aus ihrer vorübergehenden Starre und schloss sich dem Lächeln des Professors an.

„Na, sehen Sie, Francine", sagte der Professor, *„jetzt freuen wir uns beide. Und was den <Professor> angeht, den lassen wir künftig weg. Ich heiße Gabriel, und ich wünsche mir, dass wir DU zueinander sagen."*

„Aber das geht doch nicht, Herr Professor", erwiderte Francine, worauf Gabriel antwortete:

„Und ob das geht. Oder möchtest du mit einem alten Knacker wie mir nicht per DU sein? Jaques würde es sicher gefallen. Da bin ich mir absolut sicher."

Francine bekam Tränen in die Augen. Ihr wurde in diesem Augenblick gewahr, dass in ihr ein Teil eines geliebten Menschen in Form eines Kindes zu wachsen begonnen hatte, welches er niemals auf dem Arm halten können würde.

„Ich hoffe, es sind Tränen der Freude, meine Liebe", sagte Gabriel, *„und jetzt lass mich dich in den Arm nehmen und dir versichern, dass ich dich, während der ganzen Schwangerschaft, begleiten werde."*

„Danke, Gabriel", erwiderte Francine, die gerade einen guten Freund gewonnen hatte, der ihr eine wesentliche Hilfe gewesen war, eines der wunderbarsten Geschenke anzunehmen, welche das Leben für die Menschen bereithält.

„*Tout ira bien!*[2] ", flüsterte Gabriel, der Francine noch immer fest umschlungen hielt.

Francine spürte, wie ein wohliges, warmes Gefühl ihren ganzen Körper durchströmte und wie freudige Erwartung sie in Besitz nahm.

Sie gab Gabriel einen Kuss auf die Wange und sagte:

„*Ich muss es gleich Jaques erzählen.* "

Gabriel, der um den Gedenkstein wusste, lächelte und antwortete:

„*Tu das, Francine, und grüße ihn lieb von mir.* "

*****

Francine hatte Jean-Marie gebeten, er möge am Abend zu ihr kommen. Als sie ihm die Tür öffnete, erschrak sie. Jean-Marie hielt ihr einen Strauß roter Rosen entgegen.

„*Für die schönste aller Rosen*", sagte Jean-Marie und streckte Francine, glückselig strahlend, die Blumen entgegen.

---

[2] Alles wird gut.

Francine bemerkte sofort, dass Jean-Marie nach Alkohol roch. Aus diesem Grund, und vielleicht auch deshalb, weil Jean-Marie mit dem Tod seines Vaters noch immer nicht zurechtkam, versuchte sie die groteske Situation zu entschärfen, indem sie scherzhaft sagte:

„Du kannst gerne hereinkommen; aber die bleiben draußen."

Dabei deutete sie auf den voluminösen Rosenstrauß, den ein Mann normalerweise seiner Angebeteten schenkt.

Im Kopf von Francine lief gerade ein Film ab, dessen Inhalt sie so gar nicht wahrhaben wollte. Sollte Jean-Marie am Ende in sie verliebt sein?

Die Antwort darauf erfolgte unmittelbar.

„Aber warum, mein Schatz", sagte Jean-Marie, *„magst du keine Rosen?"*

Erst jetzt wurde Francine offenbar, dass Jean-Marie wohl eine größere Menge Alkohol konsumiert haben musste.

Seine Bewegungen wurden fasrig und seine Sprache begann zu stolpern. Er hatte sich offenbar Mut antrinken müssen, um diesen Schritt zu wagen.

Francine hatte bisher nur eine Art kleiner Bruder in ihm gesehen, und jetzt gerade stand ein Mann vor ihr, der sein Begehren in Wort und Tat zelebrierte.

Francine sah Jean-Marie an. In ihrem Blick vereinten sich Entsetzen und Mitleid gleichermaßen, als sie sagte:

„Lass uns das vergessen, Jean-Marie. Du gehst jetzt nach Hause und kommst morgen, wenn du wieder nüchtern bist. Wir werden dann über alles reden."

Jean-Maries Enttäuschung war nicht zu übersehen. Sein Gesicht mutierte zu einer starren Maske, und seine Augen füllten sich mit Tränen. Es waren Tränen der Wut.

Er warf den Blumenstrauß mit einer heftigen Geste zu Boden, und noch im Weggehen warf er die Worte *„ich hasse dich"* hinterher.

Francine überlegte, ihm nachzueilen, ließ es aber sein. In dem Zustand, in welchem sich Jean-Marie gerade befand, wären ihre Worte abgeprallt wie die Wogen des Meeres, wenn sie vom Felsen zurückgeschleudert werden.

Francine überlegte, ob sie, und wenn, wann sie Jean-Marie jemals ein Zeichen gegeben haben könnte, das ihn zu diesem Schritt veranlasst hat.

Aber so sehr sie sich auch mühte, sie konnte sich an nichts Derartiges erinnern. Eine tiefe Traurigkeit befiel sie. Sie fragte sich, wie es wohl weitergehen würde; jetzt, da sie ein Kind in sich trug.

*****

Francine hatte den ganzen Tag auf Jean-Marie gewartet; aber er kam nicht. Sie überlegte, ob sie ihn vielleicht anrufen sollte, nahm aber Abstand davon. Sie wollte ihn keinesfalls drängen. Vielleicht war seine Scham übermächtig, und er brauchte nur ein wenig mehr Zeit.

Als jedoch eine Woche verstrichen war, ging Francine in die Offensive. Sie rief Jean-Marie mehrmals an, kam jedoch immer nur bis zur Mailbox.

Die Ungewissheit, und die damit eingehende Sorge, ließen Francine ins Auto steigen und zur Plantage fahren.

Kenscoff ist ein kleines Dorf, ca. 40 km südöstlich von Port-au-Prince und zugleich auch der Sitz der Plantage.

Zur Plantage gehören auch ein kleines Wohnhaus und ein weiteres Gebäude, in welchem die Verwaltung untergebracht ist.

Die Plantage ist umzäunt, und hat ein wenig den Charakter einer Festung. Das kann man schon daran erkennen, dass ein Wachdienst vorhanden ist.

Nach dem feigen Mord an Hermann und Amélie vorm Walde, zu Zeiten der Schreckensherrschaft von „Papa Doc" Duvalier[3] und seinen „Tontons Macoutes"[4] hatte Jaques diese Maßnahme ergriffen.

---

[3] Diktator von 1957 bis 1971
[4] Schlägertruppe (schwarze Onkel)

Francine wurde vor dem Tor angehalten. Ein Mann in einer Art Uniform trat heran und fragte Francine nach ihrem Begehr. Francine stieg aus dem Wagen.

Im selben Moment kam der Mann, der im Pförtnerhaus saß, und der Francine erkannt hatte, herausgestürzt, und herrschte den Wachmann mit aufgeregter Stimme an:

„Siehst du nicht, wer das ist?"

Der Wachmann schüttelte klarerweise den Kopf. Woher hätte er Francine auch kennen können. Die wenigen Male, die sie auf der Plantage war, konnte man an einer Hand abzählen. Und außerdem wechselten die Männer am Tor ja ständig.

„Das ist die Herrin", sagte der Pförtner, und zur besseren Verdeutlichung fügte er noch hinzu:

„Das ist die Witwe vom Herrn Konsul."

Der etwas verwirrte Wachmann verbeugte sich tief, als Zeichen seiner Wertschätzung, und dem Versuch der Wiedergutmachung seines Fehlers.

„Ist schon in Ordnung, Kamaka", sagte Francine, die sich – sehr zum Erstaunen des Pförtners – dessen Namen gemerkt hatte. Es lag wohl daran, dass er Francine gefiel.

„Ist Jean-Marie irgendwo auf dem Gelände?", fragte Francine, und der Pförtner antwortete:

„Da fragen Sie am besten den Verwalter. "

„Und wo finde ich diesen Herrn? ", fragte Francine.

Der Pförtner wies auf das lange, flache Gebäude, welches weit hinten gut zu erkennen war.

„Vielen Dank, Kamaka", sagte Francine und stieg wieder in den Wagen.

Der Wachmann öffnete das Tor und Francine fuhr hinein. Als sie vor dem Gebäude ankam, stand der Verwalter schon vor der Tür. Kamaka hatte ihn offensichtlich informiert.

„Küss die Hand, Frau Baronin", sagte der Verwalter und verbeugte sich leicht.

„Sie wissen, wer ich bin? ", erwiderte Francine, und in ihrer Stimme lag eine leichte Schärfe. Die Art der äußerst jovial wirkenden Begrüßung schien ihr völlig unangebracht.

„Aber ja doch, Frau Baronin", antwortete der Verwalter in derselben Manier, wie zuvor, worauf Francine sagte:

„Wäre es dann nicht an der Zeit, dass Sie sich erst einmal vorstellen? Ich kenne Sie nämlich nicht. "

Jedes dieser Worte war wie ein Hieb ins Gesicht. Der Verwalter zuckte zusammen.

„*Verzeihen Sie mir bitte meine schlechten Manieren, Frau Baronin. Wenn Sie erlauben: Ich heiße René Odermatt und bin der Verwalter.*"

Francine sah den Mann nun etwas genauer an. Groß, gute Figur, so um die fünfzig Jahre alt, dichtes, graues Haar und braune Augen.

„*Dem Namen nach sind Sie Franzose, und der Begrüßung nach Österreicher. Was von beidem trifft nun zu, Herr Verwalter?*"

René Odermatt lächelte und antwortete:

„*Weder das eine noch das andere, Frau Baronin. Ich bin Schweizer.*"

„*Das überrascht mich, Herr Odermatt*", sagte Francine, deren Tonfall sich etwas gemäßigt hatte.

„*Die Art der Begrüßung hätte ich in der Schweiz nicht gerade vermutet. Wie kommt es?*"

„*Meine Frau war Österreicherin*", antwortete der Verwalter.

„*Sie sagten gerade <war>*", erwiderte Francine, „*ich nehme an, Sie sind geschieden.*"

René Odermatts Blick ließ in diesem Augenblick eine tiefe Traurigkeit erkennen, welche sich auch in seiner Stimme widerspiegelte.

„*Meine Frau ist tot, Frau Baronin.*"

Francine schämte sich, dass sie diese dumme Bemerkung gerade von sich gegeben hatte. Sie sah den Mann plötzlich mit ganz anderen Augen an, und sie fragte sich, ob ihre rüde Art vielleicht auf das Verschwinden von Jean-Marie zurückzuführen war.

„Bitte, entschuldigen Sie meine taktlose Bemerkung, Herr Odermatt", sagte Francine, *„und bitte, nennen Sie mich Madame vorm Walde, oder auch nur Madame."*

„Ist schon in Ordnung, Madame", entgegnete der Verwalter, *„und wenn es nicht zu aufdringlich ist, würde es mich sehr freuen, wenn Sie mich René nennen würden."*

„Sehr gern, René", sagte Francine, die sich gerade darüber wunderte, wie ungewöhnlich schnell sie der Bitte des Verwalters gefolgt war.

„Darf ich sie jetzt nach dem Grund Ihres Besuches fragen?", sagte René, und Francine antwortete:

„Ich bin auf der Suche nach Jean-Marie. Ich kann ihn nicht erreichen. Ist er vielleicht hier bei Ihnen?"

„Nein, Madame", antwortete René, *„er war schon über eine Woche nicht mehr hier. Und ich kann ihn ebenso nicht erreichen, wie Sie."*

„Das ist eigenartig", sagte Francine, *„haben Sie vielleicht eine Ahnung, wo er sein könnte?"*

„*Überhaupt nicht*", antwortete René, und Francine war etwas erstaunt darüber, dass die Antwort des Verwalters – ohne lange darüber nachzudenken – erfolgt war.

„*Nun, dann will ich Sie nicht länger aufhalten*", sagte Francine und streckte René die Hand zum Verabschieden entgegen.

René hielt Francines Hand länger fest, als zu erwarten war, und Francine ließ es zu.

„*Es war schön, Sie kennenzulernen, Madame. Ich wünsche Ihnen eine gute Heimfahrt, und vielleicht kommen sie ja bald einmal wieder.*"

Francine begann Sympathie für den Mann zu entwickeln, dem sie zu Beginn fast ein wenig feindselig begegnet war. Sie verstand es nicht, und es beunruhigte sie.

„*Vielleicht*", antwortete sie, „*wenn ich wieder einmal in der Nähe bin.*"

Francines Unruhezustand wurde durch diese Bemerkung nur noch größer, und der Wunsch, schnell zu verschwinden, drängte sich ihr augenblicklich auf.

„*Ich würde mich sehr darüber freuen, Madame*", erwiderte René, „*und wenn ich Jean-Marie sehe, sage ich ihm, er soll sich bei Ihnen melden.*"

*****

An einen Gott glaubte Francine schon; nicht jedoch an jene Menschen, welche von Berufs wegen über ihn daher schwafelten.

Sie war katholisch erzogen worden, und sie musste schon als kleines Kind zur Beichte, obwohl es gar nichts zu beichten gab.

Wenn die kleine Franziska im Beichtstuhl saß, und wenn der Mann in seinem langen, schwarzen Kleid gar keine Ruhe gab, dann erfand das Kind irgendeine Sünde, um dem Mann gefällig zu sein.

Was damals der Beichtstuhl war, war jetzt die Bank, gleich neben dem Gedenkstein, und die Kirche von damals war der Garten der Villa.

„*Hallo, mein Liebster*", begann Francine ihren täglichen Bericht, einer Beichte ähnlich, nur dass diese Art der Beichte ein Akt der Freude und der Erleichterung war.

„*Ich muss dir etwas sehr Wichtiges mitteilen. Ich wollte es dir schon vor Tagen sagen; aber ich wusste nicht, wie.*

Wir bekommen ein Kind. Wenn es ein Junge wird, dann möchte ich ihn Jaques nennen, und wenn es ein Mädchen wird, dann Jaqueline. Was meinst du?"

Francine machte eine kleine Pause, als wolle sie dem Namen auf dem Stein genügend Zeit geben, darüber nachzudenken.

„Ich finde, wir sollten das Kind taufen lassen“, fuhr Francine fort. „Ich weiß, du hast mit der Kirche ebenso wenig im Sinn, wie ich auch. Aber das Kind sollte die Gelegenheit bekommen, sich später selbst zu entscheiden.“

Und wieder machte Francine eine kleine Pause. Sie schaute mit versponnenem Blick durch die Zweige eines Baumes, durch den die letzten Sonnenstrahlen des Tages hindurch blinkten.

„Es ist nur so schade, dass du unser Kind nie auf deinen Knien schaukeln und ihm Gutenachtgeschichten vorlesen wirst. Oder ihm ein Pflaster auf sein Knie geben kannst, wenn es gestürzt ist.“

Francine begann heftig zu weinen, und es dauerte eine geraume Weile, bis sie sich wieder beruhigt hatte.

„Verzeih, Liebster“, sagte sie dann, „es ist nur so furchtbar schwer für mich. Du fehlst mir so sehr. Aber ich werde tapfer sein, und ich werde unsere Liebe in unserem Kind weiterleben.“

Francine stand auf, wischte sich die Tränen aus dem Gesicht und sagte:

„Es wird schon etwas kühl. Ich werde jetzt hineingehen und mir einen Gutenacht-Tee bereiten. Ich trinke nämlich keinen Alkohol mehr, obwohl Gabriel gesagt hat, dass ein kleines Gläschen nicht schaden kann.

Ach ja, ich bin jetzt mit dem Doktor per DU, jetzt staunst du aber, nicht wahr?

Er hat mir gesagt, dass er auf mich aufpassen wird. Das ist schön. Ich mag den Doktor sehr.

Aber jetzt ist Schluss. Ich wünsche dir eine gute Nacht, mein Liebster, schlaf schön und bis morgen."

Francine schickte dem Namen auf dem Stein einen Kuss zu und ging ins Hausinnere.

*****

Es waren wieder einige Tage vergangen und Francine hatte bereits alle Krankenhäuser in der Umgebung erfolglos abtelefoniert, als sie vom Commissariat de Police de Kenscoff angerufen wurde.

„Bitte, kommen Sie auf das Commissariat, Madam", sagte eine Stimme, und als Francine heftig insistierte, man möge ihr doch sagen, ob Jean-Marie wohlbehalten sei, verwies man sie darauf, *„man könne ihr das am Telefon nicht sagen."*

Die Beamtin am Empfang des Commissariat de Police forderte Francine auf, sie möge ihr bitte folgen.

Kurz darauf stand Francine im Zimmer des Commissioners, Osvaldo Kalali, der sie freundlich begrüßte. Francine war überrascht, dass ein Mann in einer so gehobenen Position kein Weißer war.

„*Wo ist Jean-Marie vorm Walde?*", fragte sie aufgeregt, „*was ist mit ihm?*"

„*Beruhigen Sie sich, Madam*", antwortete der Commissioner, was jedoch das genaue Gegenteil bewirkte.

„*Wenn Sie mir nicht augenblicklich sagen, was mit dem jungen Baron los ist, werde ich unseren Anwalt anrufen*", sagte Francine, und ihre Augen funkelten bedrohlich.

Der Commissioner griff zum Telefon und sagte:

„*Bringen Sie den Burschen herein.*"

Francine wollte gerade ihren Unmut über die flapsige Art des Commissioners zum Ausdruck bringen, als die Tür aufging und Jean-Marie in Handschellen hereingeführt wurde.

„*Oh, mein Gott*", sagte Francine, „*was haben sie dir nur angetan?*"

Francine bezog ihre Frage auf das desolate Aussehen von Jean-Marie. Verschmutzte Kleidung, Blessuren im Gesicht und an den Händen bildeten ein Bild des Jammers.

„*Setz dich hin*", sagte der Commissioner zu Jean-Marie, und zu dem begleitenden Beamten:

„Nehmen Sie ihm die Handschellen ab!"

Francine wollte etwas sagen, konnte aber nicht. Tränen liefen ihr über das Gesicht.

„Dieses Mal bist du zu weit gegangen, Junge. Was hast du dir nur dabei gedacht? Hast du beim Vögeln auch deinen Restverstand verspritzt?"

Francine sprang auf. Sie ging wütend auf den Commissioner zu und schrie mit sich überschlagender Stimme:

„Wissen Sie überhaupt, wer dieser junge Mann ist? Und wissen Sie, wer ich bin? Ich werde mich über Sie beschweren, ich werde Sie zerstören, Sie unfähiger crétin."[5] Ich habe diesen Menschen zwar nicht geboren; aber er ist für mich wie ein Sohn."

Jean-Marie wandte sich Francine zu und lächelte. Dann sagte er:

„Du bist einfach süß, chéri. Aber Onkel Osvaldo hat ja recht."

Francine erstarrte. Sie schaute von Jean-Marie zu dem Commissioner, dann wieder zu Jean-Marie, und noch einmal zu dem Commissioner.

„Wieso nennst du diesen Menschen <Onkel>", fragte sie dann ganz langsam, ohne den Blick von dem Commissioner wegzunehmen.

---

[5] Trottel, Idiot

„*Weil Onkel Osvaldo der älteste und beste Freund meines Vaters war und weil er mein Taufpate ist.*", antwortete Jean-Marie.

In diesem Moment bemerkte Francine, dass Jean-Marie ganz offensichtlich betrunken war. Seine glasigen Augen und sein schwerfälliges Sprechen deuteten drauf hin.

„*Bist du betrunken?*", fragte sie Jean-Marie, und als dieser sie weiter nur anlächelte, ohne ein einziges Wort zu sagen, übernahm das der Commissioner.

„*Jean-Marie ist nicht nur betrunken, er ist auch high.*"

Der Commissioner wies sodann den Beamten an, er möge den Gefangenen zurück in seine Zelle bringen.

„*Leb wohl, meine Schöne*", waren die letzten Worte von Jean-Marie, bevor der Beamte ihn zur Tür hinausbugsierte.

„*Das ist ja furchtbar*", sagte Francine, die gerade nicht wusste, wie sie mit der Situation umgehen sollte.

Zum einen war da Jean-Marie, der offenbar auf die schiefe Bahn geraten war, und wofür Francine sich ein wenig verantwortlich zu sein müssen glaubte, und zum anderen – was in diesem Moment fast noch schwerer wog – hatte sie einen hohen Polizeibeamten mit einem schlimmen Schimpfwort beleidigt.

„Ich weiß gar nicht, was ich sagen soll", begann Francine zögerlich; aber der Commissioner übernahm sofort, indem er sagte:

„Was halten Sie davon, Madame, wenn wir noch einmal ganz von vorne beginnen?"

„Das ist eine wunderbare Idee", antwortete Francine, wie in Trance.

„Dann darf ich mich Ihnen zunächst vorstellen", fuhr der Commissioner fort, „mein Name ist Osvaldo Kalali, und es tut mir unendlich leid, dass ich nicht bei Ihrer Hochzeit zugegen sein konnte."

„Wieso nicht?", fragte Francine, noch immer, wie in Nebel gehüllt, „wo waren Sie denn? Waren Sie überhaupt eingeladen?"

Osvaldo musste lachen.

„Und ob", antwortete er, „Jaques hatte mich sogar gefragt, ob ich sein Trauzeuge sein möchte."

„Und warum haben Sie es nicht gemacht. Mögen Sie Paris nicht?", fragte Francine.

„Ich liebe Paris", antwortete Osvaldo, „aber in jenen Tagen gab es bei uns große Unruhen, und ich konnte das Land nicht verlassen."

„Das verstehe ich", erwiderte Francine, „aber wir sind jetzt ja schon eine Weile hier auf der Insel. Warum haben Sie uns nicht besucht? Und wo waren Sie, *als mein Mann im Krankenhaus lag, bevor er dort verstorben ist?"*

„Ich war nicht auf der Insel", antwortete Osvaldo, *„und ich bin erst vor zwei Tagen zurückgekommen."*

Francine sah den Commissioner eindringlich an, so, als wolle sie ihr Misstrauen damit ausdrücken, dass sie der Geschichte keinen rechten Glauben schenkte.

„Ich verstehe, dass das alles sehr verwirrend auf Sie wirken muss, Madame", sagte Osvaldo, *„aber wenn Sie möchten, dann werde ich Ihnen zu gegebener Zeit gern alles ausführlicher erklären.*

Und wenn Sie möchten, auch gern bei einem Glas Wein."

Francine schaute den Mann lange fragend an. Sie war unschlüssig, wie sie auf das Gesagte reagieren sollte.

Osvaldo hielt ihrem Blick stand, und Francine beschloss, es für den Moment dabei bewenden zu lassen. Stattdessen sagte sie:

„Erzählen Sie mir lieber, was mit Jean-Marie passiert ist, und warum er verhaftet wurde."

*****

„Le Roi" war der Spitzname eines Mannes, dem man besser aus dem Weg geht. Sein richtiger Name war Rolando Mahoe, und er war der ungekrönte König der Insel und eine Größe im Rotlichtmilieu.

Seine Ehefrau hieß Melissa, und war ursprünglich Mitglied im Edelbordell eines Konkurrenten, aus welchem Rolando sie freigekauft hatte.

Genau genommen waren sie nicht verheiratet, obwohl Melitta immer wieder einmal den Versuch startete, es zu ändern.

Das jedoch hätte in seinem Umfeld keinen guten Eindruck gemacht, und also unterließ es Rolando.

Melitta, eine außergewöhnliche Schönheit mit dem Temperament eines Wildpferdes, rächte sich für die vielen Abfuhren, indem sie beschloss, Rolando Hörner aufzusetzen.

Dass sie dafür ausgerechnet Jean-Marie auserkoren hatte, wurde zu dessen tragischem Schicksal.

Es geschah, als Jean-Marie wieder einmal im „La Grenouille"[6] verweilte, um seinen Kummer beim Kartenspiel, sowie unter Zuhilfenahme von Drogen und Alkohol, zu ertränken.

In einem der hinteren Räume wurde Poker gespielt, und Jean-Marie nahm immer wieder an solchen Kartenpartien teil. Seine Verluste überwogen seine gele-

---

[6] Der Frosch"

gentlichen Gewinne, und das blieb auch dem Verwalter nicht verborgen, denn Jean-Marie musste immer öfter in die Firmenkasse greifen, um seine Spielschulden zu begleichen.

Daraufhin von René Odermatt angesprochen, machte Jean-Marie seinem Verwalter eine solch heftige Szene, dass dieser fernerhin Stillschweigen darüber bewahrte.

Der Raum war erfüllt von einem Gemisch aus Rauch und Schweiß der spielenden Männer. Es herrschte ein lautes Stimmgewirr, als plötzlich ein Mann hereinkam.

Es war „Le Roi" persönlich. Er ging direkt zu Jean-Marie und schlug ihm so heftig in sein Gesicht, dass er, mitsamt dem Stuhl zu Boden fiel.

„Du fickst meine Melissa, du Hund", schrie Rolando, und drosch weiter auf Jean-Marie ein, *„ich bringe dich um!"*

Jean-Marie hielt plötzlich ein Messer in der Hand, welches ihm einer der Mitspieler vermutlich zugespielt hatte.

Als Osvaldo seine Finger um den Hals von Jean-Marie legte, und mit aller Kraft zudrückte, stach Jean-Marie mehrmals auf seinen Angreifer ein.

Er ließ erst davon ab, als sich der Griff um seinen Hals zu lockern begann, und Rolando zur Seite sank.

Die restlichen Anwesenden verließen daraufhin eiligst den Raum, und wenig später wurde Jean-Marie von der Polizei in Gewahrsam genommen.

Auf dem Commissariat de Police de Kenscoff wurde dann sehr schnell festgestellt, dass Jean-Marie, außer einer Menge Alkohol auch Drogen im Blut hatte.

Er wurde sofort in eine Zelle gesteckt und der Staatsanwalt wurde benachrichtigt. Dieser informierte den Commissioner, von dem er wusste, dass er ein Freund der Familie vorm Walde war.

*****

„Ich weiß gar nicht, wo ich anfangen soll", sagte Francine und setzte sich nieder. Sie beugte sich vor und strich mit ihren Fingern sanft über die Buchstaben ihres Liebsten auf dem Gedenkstein.

„Guten Morgen, mein Liebster. Ich bin heute etwas später dran als sonst. Das kommt daher, dass ich gerade von der Polizei komme.

Bitte, bleibe jetzt ganz ruhig, denn ich muss dir etwas Schreckliches sagen.

Sie haben Jean-Marie verhaftet, weil er in eine Messerstecherei verwickelt gewesen sein soll."

Francine machte eine Pause, als wolle sie die Wucht dieser Worte erst einmal wirken lassen.

„Und stell dir einmal vor", fuhr sie aufgeregt fort, *„wem ich auf der Polizei begegnet bin. Einem gewissen Osvaldo Kalali, dem Chef der Polizei.*

Er hat behauptet, du hättest ihn damals gebeten, unser Trauzeuge zu sein; aber ich habe ihm natürlich nicht geglaubt.

Jean-Marie nennt diesen Mann sogar Onkel, was ich überhaupt nicht verstehe. Aber das Beste kommt ja noch: Er hat mir angeboten, mit ihm ein Glas Wein zu trinken, dieser unverschämte Kerl.

Das mache ich natürlich nicht.

Jetzt muss ich erst einmal einen guten Anwalt für Jean-Marie besorgen, das ist das Allerwichtigste."

Francine machte eine weitere Pause. Sie überlegte, ob sie die leidige Angelegenheit von Jean-Maries Rosen-Besuch bei ihr überhaupt erwähnen sollte.

„Ich muss dir noch etwas sagen, mein Liebster. Dein Sohn hat mich vor Tagen aufgesucht, und wollte mir einen Strauß roter Rosen schenken."

Francine hatte ihre Augen leicht zusammengekniffen, als sie das sagte, und sie hielt ihren Blick fest auf den Stein gerichtet.

„Rote Rosen", sagte sie dann, *„du weißt ja, was das bedeutet.*

Ich habe das natürlich mit allem Nachdruck abgelehnt. Das geht ja überhaupt nicht. Jean-Marie ist dann wutentbrannt davongelaufen."

Wieder stockte Francine. Ihr Gesichtsausdruck änderte sich und nahm eine sorgenvolle Pose ein.

„Glaubst du, dass er deshalb so den Boden unter den Füßen verloren hat? Das könnte ich mir nie verzeihen..."

Es folgte längeres Schweigen, welches dem Nachdenken geschuldet war, was dann auch zu einem Ergebnis führte.

„Ich glaube nicht, dass ich schuld daran bin", fuhr Francine erleichtert fort, *„weil der Polizist mir erklärt hat, was passiert ist. Jean-Marie hat sich wohl an eine gewisse Melissa herangemacht, die aber die Ehefrau eines üblen Burschen ist.*

Und dadurch kam es zu dieser Rauferei mit dem Messer.

Du siehst, es liegt nicht an mir, dass Jean-Marie sich in Schwierigkeiten gebracht hat.

So, jetzt habe ich dir alles gesagt, was ich weiß. Mach dir bitte keine Sorgen; ich werde mich um alles kümmern. Ich gehe jetzt hinein und rufe einen Anwalt an.

Ach, ja; unserem Kind geht es gut. Bis morgen, mein Liebster!"

*****

Die Verhandlung fand großes Interesse bei der Bevölkerung. René Odermatt, der Verwalter, hatte Francine kontaktiert, um sie zu fragen, ob sie etwas dagegen hätte, wenn er der Verhandlung beiwohnen würde.

Francine verneinte. Sie freute sich über das einfühlsame Verhalten des Mannes, das ihn ihr ein klein wenig näherbrachte.

„Sie könnten mich zuhause abholen, und mit mir gemeinsam zum Gericht fahren", sagte sie, zu ihrer eigenen Überraschung, und René nahm diese Einladung dankend an.

„Erheben Sie sich!"

Der ehrenwerte Richter, Alvaro Mendes, betrat den Saal. Er ließ die Anklage verlesen und wandte sich danach an Jean-Marie:

„Angeklagter, wie bekennen Sie sich?"

Jean-Marie sah blass aus, als hätte er tagelang nicht geschlafen. Er sah zu Francine und in seinem Blick lag etwas Hilfesuchendes, ja Flehentliches.

„Haben Sie meine Frage nicht verstanden?", sagte der Richter, und Jean-Marie antwortete hastig:

„Doch, Euer Ehren."

„Dann können Sie ja auch antworten, oder?", sagte der Richter.

„Ich weiß es nicht mehr, Euer Ehren", antwortete Jean-Marie, *„ich stand unter starkem Einfluss von Alkohol und Drogen."*

Diese Antwort hatte ihm zweifellos sein Verteidiger so angeraten.

„Sie haben angegeben, dass Sie von dem Angreifer gewürgt worden sind", fuhr der Richter fort, *„daran scheinen Sie sich aber zu erinnern."*

„Ja, schon, Euer Ehren", erwiderte Jean-Marie, *„aber an mehr nicht."*

Der Rechtsbeistand von Rolando Mahoe war aufgesprungen, und hatte wild gestikulierend gerufen:

„Das ist noch gar nicht erwiesen, euer Ehren."

„Sie sprechen nur, wenn ich Ihnen das Wort erteile, Herr Anwalt. Haben Sie das verstanden?", wies ihn daraufhin der Richter zurecht.

„Jawohl, Herr Richter", antwortete der Anwalt kleinlaut, denn mit Richter Alvaro Mendes wollte er sich auf gar keinen Fall anlegen.

„*Dann rufe ich den ersten Zeugen in den Zeugen-stand*", sagte der Richter.

Nachdem niemand erschien, ging ein Raunen durch die Zuschauer.

„*Was ist?*", fragte der Richter, „*braucht der Herr eine Extraeinladung?*"

„*Es ist keiner da*", antwortete der Gerichtsdiener.

Der Richter schaute in das fassungslose Gesicht von Jean-Maries Anwalt und sagte:

„*Können Sie mir das erklären, Herr Anwalt? Mir liegt eine Liste von Zeugen vor, die Sie mir übergeben ließen, und die sich scheinbar gerade in Luft aufgelöst haben.*"

„*Es gibt keine Erklärung, Euer Ehren*", antwortete der Anwalt, „*ich vermute, sie haben sich versteckt oder wurden auf Geheiß des Angreifers außer Landes gebracht.*"

Der Anwalt von Rolando Mahoe war wieder auf-gesprungen, um erneut zu widersprechen, setzte sich aber sofort wieder nieder, als ihn der zürnende Blick des Richters traf.

„*Möchten Sie etwas zur Erhellung des Tatbestan-des beitragen, Herr Anwalt?*", fragte der Richter kurz darauf, was von diesem auch dankbar angenommen wurde.

„Mein Mandant ringt mit dem Tode, Euer Ehren, und wird hier vom Gegenanwalt verunglimpft. "

„Na, na, Herr Anwalt", entgegnete der Richter, „übertreiben Sie nicht. Ich habe einen Bericht des behandelnden Arztes vorliegen, nach dem es Ihrem Mandanten schon viel besser geht.

Ich glaube, Sie haben Ihren Beruf verfehlt. Sie wären wohl besser Schauspieler geworden, statt Anwalt. "

Es war ganz offensichtlich, dass Alvaro Mendes den Advokaten nicht mochte, und außerdem waren ihm die Machenschaften von „Le Roi" hinlänglich bekannt.

„Wenn das so ist", fuhr der Richter fort, „dann wird das wohl die kürzeste Verhandlung, die ich je geführt habe.

Das erspart mir auch irgendwelche, schwindlige Plädoyers. Das Gericht zieht sich zur Beratung zurück. "

Ein erneutes Raunen war zu vernehmen. Richter Mendes war zwar für seine eigenwilligen Methoden bekannt, aber das, was da gerade passierte, war von einer neuen, bisher nicht bekannten, Qualität.

Francine schaute René an und sagte:

„Was hat das zu bedeuten? "

„*Das weiß ich nicht*", antwortete René, „*ich hatte bisher noch nichts mit diesem Herrn zu tun.*"

„*Ich habe solche Angst*", sagte Francine und hielt sich, ohne, dass es ihr bewusst war, an der Hand von René fest. Ihr Blick wanderte zu Jean-Marie.

Da war nichts mehr zu sehen von einem forschen, jungen Mann. Es war die nackte Angst, vor dem, was kommen würde, die aus ihm sprach.

„*Erheben Sie sich!*"

Es war die Stimme des Gerichtsdieners, der die Rückkehr des Richters ankündigte.

Richter Alvaro Mendes hieß die Anwesenden Platz zu nehmen, und verlas dann er das Urteil.

„*Der Angeklagte, Jean-Marie vorm Walde wird zu einer Gefängnisstrafe von einem Jahr verurteilt. Die Hälfte der Strafe wird zur Bewährung ausgesetzt.*"

Wieder ging ein Raunen durch den Saal. Dieses, von Richter Mendes - dem als äußerst streng und gnadenlos bekannten Mannes - sehr milde Urteil rief Verwunderung hervor.

Der Anwalt von Rolando Mahoe überlegt kurz, dagegen Berufung einzulegen, unterließ es aber in dem Bewusstsein, dass man schlafende Hunde niemals wecken soll.

Schließlich waren die unauffindbaren Zeugen keine Chorknaben, und auf deren Verschwiegenheit hätte er keinen einzigen Gourde[7] verwettet.

Francine sah zu Jean-Marie, in dessen Gesicht große Erleichterung erkennbar war. Bevor er aus dem Saal geführt wurde, schauten sich die beiden an. Und von irgendeiner Feindseligkeit war in diesem Augenblick nichts mehr zu erkennen.

Gerade als Francine mit René das Gericht verlassen wollte, sah sie den Commissioner aus dem Zimmer des Richters kommen. Er nickte Francine zu und wollte weitergehen, als ihn Francine aufhielt.

„Warten Sie, bitte!", rief sie ihm zu und ging zu ihm hin.

„Gilt Ihr Vorschlag noch, mit mir ein Glas Wein zu trinken?", fragte sie, worauf der Commissioner antwortete:

„Aber ja, mit dem größten Vergnügen."

„Dann erwarte ich Sie heute Abend bei mir. Wäre 19 Uhr genehm?", sagte Francine, und der Commissioner antwortet:

„Ich freu mich drauf."

*****

---

[7] Währung auf Haiti

44

Als René Francine nach Hause fuhr, fragte er sie:

„Sie kennen den Commissioner?"

„Er war ein guter Freund meines Mannes", antwortete Francine in einem sachlichen Ton, um René klar aufzuzeigen, er möge doch nicht weiter nachfragen.

René verstand die Botschaft. Er fuhr einfach weiter, ohne einen weiteren Versuch für eine Unterhaltung zu starten.

„Ich danke Ihnen sehr, René", sagte Francine, als sie bei der Villa angekommen waren. Sie reichte ihm die Hand und stieg aus. Bevor sie die Wagentür zumachte, beugte sie sich noch einmal ins Wageninnere und sagte:

„Sie waren mir heute eine große Hilfe; das werde ich nicht vergessen."

Dann eilte sie schnell ins Haus und von dort weiter, direkt in den Garten.

„Hallo, mein Liebster. Ich habe wunderbare Neuigkeiten. Ich komme direkt vom Gericht. Der Verwalter hat mich hinbegleitet und auch wieder zurückgebracht.

Stell dir vor, das Urteil ist überhaupt nicht so schlimm ausgefallen, wie wir alle geglaubt hatten.

Jean-Marie muss nur für ein Jahr ins Gefängnis. Eigentlich nur ein halbes Jahr, weil die andere Hälfte ja auf Bewährung ausgesetzt wurde. Ist das nicht wunderbar?

Er war sichtlich erleichtert, als der Richter das Urteil verkündet hat. Und ich natürlich auch; das kannst du dir ja denken.

Dein Freund, der Commissioner war auch dort. Er war zwar nicht im Gerichtssaal; aber ich habe ihn hinterher zufällig getroffen und mit ihm geredet.

Ich habe ja einen Verdacht, was ihn betrifft. Ich sage dir aber erst morgen, um was es sich handelt. Er kommt noch heute Abend auf ein Glas Wein vorbei.

Aber keine Angst; ich werde natürlich keinen Wein trinken. Und wenn, dann höchstens einen kleinen Schluck zum Anstoßen.

Ich möchte deinen alten Freund bitten, dass er mir dabei behilflich ist, dass ich Jean-Marie täglich besuchen kann.

Ich glaube nämlich, dass er das kann, wenn er will.

So, mein Liebster, das wollte ich dir nur schnell sagen. Sei mir nicht böse, dass ich gleich wieder gehe, denn ich möchte noch eine Kleinigkeit herrichten, bevor der Commissioner kommt."

*****

„Guten Abend, Commissioner, und viel Dank, dass Sie gekommen sind."

Mit diesen Worten hieß Francine ihren Besucher willkommen.

„Ich danke Ihnen für Ihre freundliche Einladung, Madame", erwiderte der Commissioner und hielt Francine einen Blumengruß entgegen.

Es war eine „Phalaenopsis HAITI", eine Schmetterlingsorchidee mit bordeauxroten Blüten und weißen Blütenrändern.

„Die ist ja wunderschön, Commissioner", schwärmte Francine, worauf der Commissioner antwortete:

„Und dennoch reicht sie nicht an Ihre Schönheit heran, Madame:"

Francine wurde verlegen, und sie fühlte eine aufsteigende Gesichtsrötung.

„Nicht doch, Commissioner", versuchte Francine das Kompliment brav von sich zu weisen, was der Commissioner jedoch nicht zuließ.

„Schauen Sie in den Spiegel, Madame", sagte er, *„und Sie werden feststellen, dass ich die Wahrheit gesagt habe."*

„Sie sind ein schlimmer Charmeur", sagte Francine, der das Spiel gerade zu gefallen begann.

„*Darf ich vielleicht reinkommen?*", fragte der Commissioner, der noch immer mit Francine bei der Eingangstür stand.

„*Natürlich, Commissioner*", antwortete Francine, „*bitte, kommen Sie doch weiter.*"

„*Vielen Dank, Madame*", erwiderte der Commissioner und fügte hinzu:

„*Wäre es in Ordnung für Sie, Madame, wenn nur Osvaldo hereinkäme und der Commissioner draußen bliebe?*"

„*Das wäre wunderbar, Osvaldo*", antwortete Francine, „*ich hatte schon als kleines Kind Angst vor der Polizei.*

Es ist jedoch so, dass nur Francine zuhause ist, die Madame ist leider verhindert."

Jetzt mussten beide herzlich lachen. Das Eis war gebrochen, und Francine fragte sich gerade, wieso sie anfänglich so negativ diesem Mann gegenübergestanden hatte, wo er doch ein so humorvoller und liebenswerter Mensch war.

Francine führte Osvaldo in den Salon. Sie hatte schon zwei Gläser und eine Flasche Wein auf dem Tisch bereitgestellt und ging nun in die Küche, wo sie einige Kanapees[8] vorbereitet hatte, die sie jetzt dem Gast anbot.

---

[8] Kleine, mundgerechte Appetithäppchen

„*Bitte, greifen Sie zu, Osvaldo, und lassen Sie es sich schmecken.*"

„*Sehr gern, Francine*", erwiderte Osvaldo, „*und nochmals ganz herzlichen Dank für Ihre liebevolle Einladung.*"

Francine nickte und lächelte vor sich hin. Sie ertappte sich dabei, dass sie gerade im Begriff war, Gefühle für den Mann zu entwickeln, die einer frisch gebackenen Witwe nicht gut zu Gesicht stehen.

Sie spürte eine ähnliche Vertrautheit, wie sie diese von Jaques kannte. Sie begann zu verstehen, dass Oswald und Jaques beste Freunde waren, und sie empfand eine große Freude darüber, dass sie nun an Jaques Stelle zu treten schien.

Sie wünschte sich in diesem Augenblick, dass sie mit Osvaldo eine Freundschaft pflegen könnte, jedoch nur das und mehr nicht.

„*Einen Penny für Ihre Gedanken*", sagte Osvaldo, dem der versponnene Blick von Francine nicht entgangen war.

„*Ich habe gerade an Jean-Marie gedacht*", wich Francine geschickt aus, „*wie es dem Ärmsten wohl gehen mag.*"

„*Sehr gut*", sagte Osvaldo, und Francine nahm spontan, ihre gerade eben noch abgelegte Aversion, wieder auf.

„Wie kann ein Mensch nur so zynisch sein", entfuhr es ihr schroff, *„bitte, verlassen Sie auf der Stelle mein Haus."*

Osvaldo stand auf, lächelte Francine an und erwiderte:

„Schade; ich wollte Ihnen gerade darüber berichten, dass ich alles dafür getan habe, dass es Jean-Marie an nichts fehlt. Außer seiner Freiheit natürlich."

In Francines Kopf machte sich ein lautes Geräusch bemerkbar. Es war wie ein schrilles Pfeifen. Sie wünschte sich sehnlichst eine Ohnmacht herbei, die sie aus dieser Situation befreien möge.

Aber die erhoffte Rettung blieb aus. Stattdessen hörte sie, wie Osvaldo in liebevollem Ton sagte:

„Kann ich nicht doch noch ein bisschen bleiben? Mein Glas ist noch nicht leer, und ich hätte auch noch gern ein paar von diesen köstlichen Kanapees gegessen."

Francine hielt die Hände vors Gesicht und stammelte:

„Mein Gott; was habe ich nur getan. Ich schäme mich so sehr."

Francine nahm die Hände wieder herunter und sah Osvaldo an. Sie fühlte die warmen Tränen über ihr Gesicht rinnen und sagte:

„Können Sie mir je verzeihen, Osvaldo?"

Und bevor dieser darauf antworten konnte, sagte Francine weiter:

„Ich würde verstehen, wenn Sie jetzt sofort gehen würden, und wenn Sie nie mehr etwas mit mir zu tun haben wollten."

„In Ordnung", erwiderte Osvaldo und setze sich nieder. Er griff zur Platte mit den köstlichen Kanapees und fügte hinzu:

„Ich esse nur noch ein paar Kanapees; denn ich habe heute noch so gut wie nichts gegessen. Und wenn Ihr Rauswurf dann noch aktuell ist, dann werde ich danach gehen.

Viel lieber wäre mir jedoch, Sie würden mich begnadigen. Es gefällt mir sehr gut bei Ihnen, und Ihre Gesellschaft empfinde ich als äußerst angenehm."

Francine stand auf, ging zu Osvaldo und fiel ihm um den Hals. Sie küsste ihn mehrmals auf die Wange und sagte:

„Dass Sie der beste Freund von Jaques waren, das wundert mich überhaupt nicht. Was müsste ich tun, um ebenfalls Ihre Freundschaft zu erlangen?"

„Gar nichts", antwortete Osvaldo, *„die hast du, seit du das erste Mal in mein Büro gekommen bist."*

*****

Jean-Marie war in einer Haftanstalt, nahe der Hauptstadt Port-au-Prince untergebracht. Dass er ausgerechnet dort seine Strafe abbüßen musste, hatte gute Gründe.

Sie lag im Einzugsbereich des Commissioners, der Vorkehrungen hatte treffen lassen, um Jean-Marie den Aufenthalt so angenehm wie möglich gestalten lassen zu können.

So war er in einem Trakt untergebracht, in welchem nur Verkehrssünder, Steuerbetrüger und ähnliche, gewaltfreie Täter anzutreffen waren.

Den Hofgang absolvierte er mit diesen stets außerhalb der Zeiten, in denen der Rest der Insassen dort seine Runden drehte.

Außerdem waren drei Beamte zu seinem persönlichen Schutz abgestellt worden, denn der Arm von „Le Roi" reichte bis weit hinein in den Vollzug.

TV und Smartphone waren ebenso selbstverständlich, wie die Möglichkeit für Francine, den Gefangenen jederzeit zu besuchen.

„Wie geht es dir, Jean-Marie", fragte Francine, als sie ihm im Besucherraum gegenübersaß. Sie hatte ihm Macarons[9] mitgebracht, die er so liebte.

Dass dies möglich war, hatte Osvaldo veranlasst.

---

[9] Französisches Baisergebäck

„*Onkel Osvaldo hat dafür gesorgt, dass es mir gut geht*", antwortete Jean-Marie.

Francine hielt Jean-Maries Hände, und er ließ es geschehen.

„*Ist zwischen uns wieder alles in Ordnung?*", fragte Francine, und Jean-Marie nickte.

Sie sahen einander an, und sie hatten beide Tränen in den Augen.

„*Es tut mir alles so leid*", sagte Jean-Marie, „*ich wollte, ich könnte es ungeschehen machen.*"

„*Ist schon gut*", antwortete Francine, „*der König ist ja - Gott sei Dank – nicht gestorben.*"

„*Das meine ich nicht*", antwortete Jean-Marie, und Francine wollte gerade fragen, was er denn meine, als sie wieder das Bild mit dem Rosenstrauß vor Augen hatte.

„*Ich weiß*", sagte Francine, „*lass uns nicht mehr darüber reden.*"

„*Denkst du, das ist möglich?*", fragte Jean-Marie ängstlich, und Francine antwortete:

„*Ganz bestimmt sogar, petit frère*"[10], antworte Francine lächelnd.

---

[10] Kleiner Bruder

„*Das ist schön*", sagte Jean-Marie, „*ich bin sehr froh, dass du da bist.*"

„*Ich werde immer für dich da sein*", erwiderte Francine, „*wir werden aufeinander aufpassen, wie sich dein Vater das gewünscht hat.*"

„*Das machen wir*", sagte Jean-Marie. Er griff nach einem Macaron und steckte es in den Mund.

„*Die hat grand-mère*[11] *Amélie früher immer für mich gebacken*", sagte Jean-Marie, „*die solltest du auch in deinem Café anbieten, wenn du es eröffnest. Die Leute lieben es.*"

Das seit vielen Jahren leerstehende und heruntergekommene „Café créole", das Jaques für Francine gekauft hatte, lag noch immer in seinem Dornröschenschlaf.

Francine hatte sich bisher noch nicht dazu entschließen können, sich damit zu beschäftigen. Ihr Wunsch nach einem eigenen Café war zwar nach wie vor vorhanden, aber sie war noch viel zu sehr mit dem Tod von Jaques verhaftet.

„*Die sind leider nicht selbst gemacht*", erwiderte Francine, „*die sind gekauft.*"

„*Wenn du aber dein Café eröffnest, dann müssen es schon selbst gebackene Macarons sein*", sagte Jean-Marie.

---

[11] Großmutter

„Ich weiß gar nicht, ob ich überhaupt backen kann", erwiderte Francine lachend, „ich habe ja noch nicht einmal ein Rezept."

„Aber ich", frohlockte Jean-Marie, „ich habe das Rezeptbuch von grand-mère, und die hat es von ihrer Mutter. Jetzt staunst du aber."

Francine musste lächeln. Da saß sie nun einem Mann gegenüber, der noch vor Tagen beinahe einen Menschen getötet hätte, und der im Grunde seines Wesens noch ein halbes Kind war.

„Dann musst du mir aber dabei helfen", sagte Francine, und Jean-Marie erwiderte:

„Das machen wir; das wird bestimmt lustig."

Francine löste ihre Hände aus den Händen von Jean-Marie und sagte:

„Jetzt muss ich aber langsam los."

„Nein, noch nicht", erwiderte Jean-Marie, „es gibt noch etwas Wichtiges zu besprechen."

„Was meinst du?", fragte Francine.

„Es geht um die Geschäftsleitung der Firma", antwortete Jean-Marie. „Ich bin während der Dauer meines Aufenthaltes im Gefängnis nicht geschäftsfähig.

Das bedeutet, dass du die Geschäftsleitung übernehmen musst. "

„Ich? ", fragte Francine völlig überrascht, *„das kann ich doch gar nicht.* "

„Das musst du sogar ", entgegnete Jean-Marie, *„das hat Papa so festgelegt, und das müsstest du eigentlich wissen.* "

„Wieso? ", fragte Francine völlig überrascht.

„Weil du die Papiere dafür unterschrieben hast? ", antwortet Jean-Marie in einem leicht fragenden Tonfall.

„Daran kann ich mich überhaupt nicht erinnern ", sagte Francine, *„ich habe viele Papiere unterschrieben.* "

„Und hast du die vorher nicht gelesen? ", fragte Jean-Marie völlig verständnislos.

„Nein, wozu auch ", antwortete Francine, worauf Jean-Marie antwortete:

„Weil man das üblicherweise so macht? ", erwiderte Jean-Marie, im selben fragenden Tonfall wie zuvor.

„Dazu hatte ich überhaupt keinen Grund ", sagte Francine.

„Das musst du mir schon näher erklären ", erwiderte Jean-Marie.

„Ich habe einem Mann blind vertraut, den ich über alles geliebt habe, und dem ich mein Leben anvertraut hätte", antwortete Francine, „genügt dir das als Erklärung?"

„Ich denke schon", antwortete Jean-Marie, der diese Einstellung zwar nicht wirklich nachvollziehen konnte; ihr aber seinen größten Respekt entgegenbrachte.

Francine hatte bemerkt, dass die Antwort von Jean-Marie eher halbherzigen Charakters war, und sagte deshalb:

„Ich wünsche dir, dass du eines Tages einer Liebe begegnen wirst, wie sie mir mit deinem Vater vergönnt war. Dann wirst du mich verstehen.

Aber jetzt erkläre mir, was es mit der Geschäftsleitung auf sich hat, und was ich da alles zu tun haben werde."

Die Worte von Francine hatten auf Jean-Marie großen Eindruck gemacht. Es schmerzte ihn ein wenig, dass er einer solchen Liebe schon begegnet war, zu der er aber niemals Zugang erhalten würde.

„Du musst dich um das Personal kümmern, nach dem Rechten sehen, Entscheidungen treffen und Schecks unterschreiben. Lauter langweilige Sachen eben…"

****

Der nächste Tag brachte schlechtes Wetter mit sich. Francine hatte sich einen Schirm genommen und war in den Garten gegangen.

Sie legte ein große Stück Plastik auf die Bank und setzte sich nieder.

„Hallo Liebster, was sagst du zu so einem Wetter; es will einfach nicht aufhören zu regnen. Aber das kann mich nicht abhalten, zu dir zu kommen, zumal es wunderbare Neuigkeiten gibt.

Wie du ja weißt, war ich heute bei Jean-Marie.

Es geht ihm sehr gut, und ich soll dich lieb von ihm grüßen.

Das haben wir Osvaldo zu verdanken. Er ist ein ganz besonderer Mann. Jetzt verstehe ich auch, warum er dein bester Freund war.

Wir sind jetzt übrigens auch befreundet. Ich hoffe, es ist dir recht. Wir sind nur befreundet. Mehr ist da nicht und wird auch nie sein.

Ich muss dir noch etwas ganz Verrücktes mitteilen. Ich bin jetzt der Boss auf der Plantage. Kannst du dir das vorstellen? Ich kann es nämlich nicht.

Aber das muss so sein. Jean-Marie hat es mir erklärt. Er hat mir auch gesagt, dass du mich so ein Papier unterschreiben hast lassen, wo das draufsteht.

Egal; irgendwie wird das schon funktionieren.

Und wenn nicht; dann kann ich ja Jean-Marie fragen oder dich. Oder vielleicht ja auch den Verwalter, diesen Schweizer.

Das erinnert mich an deinen Vater, den die Franzosen <Suisse> genannt haben, wie du mir erzählt hast.

Der Regen wird jetzt doch stärker. Ich werde lieber hineingehen.

Bis morgen, mein Liebster. Ich liebe dich."

*****

Francine fuhr ebenso jeden Tag auf die Plantage, wie sie auch Jean-Marie besuchte. Das eine am Vormittag und das andere am Nachmittag.

Die Posten am Eingangstor zur Plantage kannten sie inzwischen, und sie freuten sich über die liebevolle Art von Francine, und das eine oder andere nette Wort.

Was die Zusammenarbeit mit dem Verwalter anging, so hatten sich er und Francine sehr schnell zusammengerauft.

„Wir müssen uns demnächst um die Ausrichtung des <Fête des récoltes> kümmern", sagte René Odermatt, der Verwalter, und Francine fragte:

„Was ist das?"

„Das feiern wir jedes Jahr, wenn die Haupternte eingebracht ist", antwortete René, *„das ist ein großes Fest für die Arbeiter. Sie richten es selber aus.*

Da wird gegessen, getrunken, getanzt und gelacht. Es dauert vom Abend bis tief in die Nacht.

Bei diesem Fest können Sie kreolische Spezialitäten verkosten, wie zum Beispiel Guineahuhn mit saurer Orangensoße, Tassot de dinde, das ist getrocknetes Truthahnfleisch, Grillot, das ist Schweinefleisch, Diri et djondjon, das ist Reis mit schwarzen Pilzen oder Langouste flambé, das ist flambierter Hummer. Den mag ich besonders gern.

Und wenn dann noch Platz im Magen ist, dann können Sie Süßkartoffelpudding, Mangokuchen oder ein Kokosnusseis genießen.

Zu trinken empfehle ich Rum, am Besten den einheimischen Barbancourt, der hilft bei der Verdauung. Aber natürlich gibt es auch Wein und Alkoholfreies."

Francine hatte dem Verwalter aufmerksam zugehört und sagte dann:

„Wieso wissen Sie das alles?"

„Weil ich es schon seit vielen Jahren genießen darf", antwortete der Verwalter.

„*Und wann findet das Fest statt?*", fragte Francine.

„*Am 1. April*", antwortete René.

Francine dachte kurz nach und sagte dann:

„*Wir müssen das Fest unbedingt verschieben.*"

„*Das geht nicht*", antwortete René, „*das Fest ist jedes Jahr am 1. April. Das ist Tag der Heiligen Samaa.*"

„*Aber Jean-Marie wir erst im Mai entlassen*", erwiderte Francine, „*da kann er ja am Fest gar nicht teilnehmen.*"

In Francines Worten spiegelte sich eine tiefe Enttäuschung wider.

„*Das tut mir leid*", sagte René, „*das wird das erste Mal sein, dass Jean-Marie nicht dabei ist. Aber das Fest verschieben; das ist völlig unmöglich.*"

„*Ich verstehe das*", antwortete Francine, „*dass man das Fest nicht an einem anderen Tag feiern kann; aber dennoch…*"

„*Was halten Sie davon, wenn wir eine kleine Nachfeier ausrichten, sobald Jean-Marie entlassen worden ist?*", fragte René, und Francine antwortete euphorisch:

„*Das ist eine wunderbare Idee, René; vielen Dank!*"

Die Freude über Renés Vorschlag war so groß, dass Francine ihm spontan einen Kuss gab.

„*Entschuldigung*", sagte Francine, „*es ist ganz plötzlich über mich gekommen.*"

„*Das könntest du ruhig öfter machen*", erwiderte René und schickte sofort hinterher:

„*Jetzt muss ich mich wohl für das DU und meine Dreistigkeit entschuldigen, Madame.*"

Francine lächelte.

„*Das ist nicht nötig, René*", antwortete Francine, „*und das mit dem DU, das geht schon in Ordnung.*"

René und Francine sahen sich lange in die Augen. Was in diesem Moment in beiden vorging, drängte mit Macht danach, es auszusprechen; war aber nicht stark genug, es auch zu tun.

„*Und was müssen wir dabei tun?*", fragte Francine, wodurch der Zauber, der gerade noch im Raum schwebte, augenblicklich verblasste.

„*Wir müssen das Organisieren übernehmen und Einladungen ausschicken*", antwortete der Verwalter.

*****

Alles, was Rang und Namen hatte, war der Einladung gefolgt.

Der Platz vor dem Verwaltungsgebäude war festlich geschmückt und von bunten Lichtern erhellt. Es gab eine kleine Tanzfläche, und die Nacht wurde von karibischer Musik erfüllt.

Francine saß zusammen am Tisch mit dem Verwalter Odermatt, Dr. Moreau, dem Richter Mendes und dem Commissioner Kalali.

Schräg gegenüber von diesem Tisch saß eine alte Frau, deren Gesicht von vielen, tiefen Furchen gezeichnet war, gleich den Jahresringen eines alten Baumes.

Sie starrte unentwegt zu Francine herüber, die es wohl bemerkt hatte, und die sich bemühte nicht hinzusehen. Aber sie wurde immer wieder wie magisch davon angezogen.

„Wer ist diese alte Frau?", fragte Francine ihren Verwalter, und René antwortete:

„Sie heißt Cécilie und ist eine Mambo."

„Was ist eine Mambo?", fragte Francine, worauf Réne antwortete:

„Eine Mambo ist eine Voodoo-Priesterin."

„Ich dachte, das wäre verboten", sagte Francine.

„*Nein, das war einmal*", mischte sich nun der Richter ein, „*Voodoo ist inzwischen eine anerkannte Religion. Es gibt viele Voodoo-Anhänger, die zugleich auch bekennende Katholiken sind.*"

Francine schaute wieder hinüber zu der alten Frau, die noch immer unverwandt zu ihr herübersah.

„*Cécilie ist eine interessante Frau*", fuhr der Richter fort, „*man sagt, sie sei eine Nachkommin von Cécilie Fatiman, einer berühmten Mambo. Deren Mutter war eine afrikanische Sklavin namens Célestina Coidavid und eines französischen Prinzen von Korsika.*"

Francine lief ein kalter Schauer über den Rücken, als sie die Geschichte hörte und bevor sie es verhindern konnte, bedeutete der Richter der alten Frau, sie möge herüberkommen.

Als die alte Frau ganz nah gekommen war, war Francine überrascht. Das schwarze seidige Haar der Frau und ihre grünen Augen verliehen ihr einen exotischen Reiz, der den Betrachter gefangen nahm.

Die Frau wollte die Hand von Francine ergreifen, um sie zu küssen.

Francine erschrak und zog ihre Hand abrupt zurück. Die alte Frau lächelte. Dann deutete sie auf den Bauch von Francine und sagte einige Worte in einer Sprache, die Francine nicht verstand.

Die Frau sprach Fablas, das ist ein kreolischer Dialekt.

Sie wiederholte immer wieder dieselben Worte und zeigte dabei, heftig gestikulierend, auf Francines Bauch.

„Was will die Frau von mir?", fragte Francine aufgeregt, *„ich möchte, dass sie wieder geht."*

Der Richter, offenkundig des Dialektes mächtig, wies die Frau an, sie möge sich wieder entfernen, was diese auch tat.

Im Weggehen wiederholte sie die Worte und machte eine abweisende Handbewegung dazu.

„Kann mir jetzt bitte endlich jemand sagen, was diese Frau gesagt hat?"

Francine hatte es fast hinausgeschrien. Sie war völlig aufgewühlt. Ihr Blick wanderte zwischen den Menschen hin und her, die an ihrem Tisch saßen.

Es war Osvaldo Kalali, der sich ein Herz fasste und die Worte der Voodoo-Priesterin übersetzte.

„Sie sagte: Es hat Angst; es will heraus."

Die Tischgesellschaft sah einander ratlos an. René reagierte als Erster und sagte:

„Die Alte ist verrückt; man sollte sie nicht ernst-nehmen."

„Reden Sie nicht so respektlos von dieser Frau, Herr Verwalter. Sie sind nicht von dieser Insel, und Sie verstehen vieles nicht."

Es war der Richter Alvaro Mendes, der René zurechtwies.

„Was wollte die Frau damit sagen?", meldete sich Francine wieder lautstark zu Wort. Ihr Blick ging zu Dr. Moreau, der als Einziger wusste, dass Francine schwanger war.

Die alte Frau hatte unmissverständlich auf den Bauch von Francine gedeutet, als sie diese Worte sagte, die bei Francine Angst erzeugt hatten.

Als der Arzt nicht auf Francines fragenden Blick reagierte, sprang sie auf, warf den Stuhl um, und rannte in das Verwaltungsgebäude.

René folgte ihr. Er wollte Francine umarmen, um sie zu beruhigen. Francine stieß ihn wütend von sich und schrie:

„Ich will hier weg; ruf mir sofort ein Taxi!"

„Aber ich kann dich doch fahren", bot sich René an, was Francine veranlasste, jetzt noch lauter zu werden.

„Bist du taub?", schrie sie, *„ich habe dir gesagt, du sollst mir ein Taxi rufen."*

Francines Stimme hatte sich überschlagen. Sie bekam einen Hustenanfall und drohte beinahe zu ersticken.

René machte zaghafte Anstalten, Francine zu berühren.

„Bleib mir vom Leib", krächzte Francine, *„oder du kannst dir morgen deine Papiere holen."*

René griff zum Telefon und bestellte das gewünschte Taxi. Wenig später stürmte Francine hinaus, stieg ins Taxi und forderte den Fahrer zu größter Eile auf.

René ging zurück zum Tisch, an welchem gerade eine heftige Diskussion im Gange war.

„Was ist los mit ihr?", fragte der Richter, und René antwortete:

„Ich glaube, sie hatte gerade einen Nervenzusammenbruch."

„Sie sollten nach ihr sehen, Dr. Moreau", sagte der Commissioner, und der Arzt antwortete:

„Ich mache mich sofort auf den Weg."

„Wenn es Ihnen recht ist", sagte der Commissioner, *„werde ich Sie begleiten."*

„*Das wäre mir sogar sehr recht*", antwortete der Arzt. „*Sie stehen der Familie doch noch näher als ich.*"

Als sie wenig später zur Villa kamen und an der Eingangstüre anläuteten, machte niemand auf.

„*Mein Gott*", entfuhr es Dr. Moreau, „*es wird doch hoffentlich alles in Ordnung sein?*"

Hinter dieser Formulierung versuchte er zu verbergen, was ihm eigentlich gerade durch den Kopf schoss.

„*Lassen Sie uns durch den Garten gehen*", schlug der Commissioner vor, der sich auf dem Grundstück gut auskannte.

Er wusste von dem Gedenkstein, denn er war früher gelegentlich mit Jaques auf der Bank gesessen, um mit einem Glas Wein und einer guten Zigarre über alte Zeiten zu schwadronieren.

Dr. Moreau und der Commissioner hörten schon von Weitem die Stimme von Francine, die vor dem Stein kniete und sagte:

„*Wäre ich doch nie hierhergekommen. Ich hasse das Land und ich hasse die Leute. Aber am meisten hasse ich dich, weil du mich verlassen hast.*"

*****

Dr. Moreau brachte Francine mithilfe des Commissioners ins Haus und gab ihr eine Beruhigungsspritze. Die Wirkung setzte sehr schnell ein.

Francine wirkte apathisch; sie wiederholte mehrmals den Namen von Jaques und sah die beiden Männer dabei an. Es war, als riefe sie nach ihrem Liebsten.

„Der Verwalter hatte recht mit seiner Vermutung“, sagte der Arzt, *„es war ein Nervenzusammenbruch.“*

„Aber wieso?“, fragte der Commissioner, *„nur wegen der Mambo?“*

„Nein“, antwortete Dr. Moreau, *„es war wegen dessen, was sie gesagt hat.“*

„Aber das war doch nur wirres Zeug“, erwiderte der Commissioner.

Nachdem der Arzt nichts sagte, fragte der Commissioner weiter:

„Oder war das gar kein wirres Zeug?“

Dr. Moreau überlegte lange. Er sah in das fragende Gesicht und beschloss dann, den Commissioner einzuweihen. Er wusste um die tiefe Freundschaft zwischen dem Commissioner und Jaques, und er war der Überzeugung, dass er damit richtig handle.

„Francine ist schwanger.“

„Oh, mein Gott", entfuhr es dem Commissioner, „und was gedenken Sie jetzt zu tun?"

„Ich werde Francine mit in mein Spital nehmen und mich darum kümmern, dass sie erst einmal zur Ruhe kommt. Alles andere wird sich finden."

„Das ist eine gute Idee, Doktor", sagte der Commissioner, und Dr. Moreau erwiderte:

„Aber bitte, behalten Sie das mit der Schwangerschaft erst einmal für sich, mein Lieber."

„Das ist doch selbstverständlich, Doktor", antwortete der Commissioner.

Kurz darauf wurde Francine mit der Rettung ins Spital gebracht.

*****

„Kann ich Francine nicht besuchen, Onkel Osvaldo?", fragte Jean-Marie, worauf der Commissioner antwortete:

„Das geht nicht, und das weißt du auch, Jean-Marie."

„Ich dachte ja nur, weil ich in ein paar Wochen ja so wie so entlassen werde", erwiderte Jean-Marie.

„*Trotzdem*", sagte der Commissioner, „*auch mir sind Grenzen gesetzt.*"

„*Kümmerst du dich auch gut um sie?*", fragte Jean-Marie.

Der Commissioner lächelte und antwortete:

„*Dr. Moreau, der Verwalter und ich; wir alle kümmern uns um sie. Es fehlt Francine an nichts.*"

„*Das ist gut*", sagte Jean-Marie, „*könntest du mir einen Gefallen tun?*"

„*Was meinst du?*", antwortete der Commissioner, „*soll ich dir eine Säge in einem Kuchen hereinschmuggeln, damit du das Gitter durchsägen kannst?*"

„*Das ist eine liebe Idee von dir, Onkel Osvaldo*", erwiderte Jean-Marie, „*aber die paar Wochen schaffe ich auch noch.*

Aber du könntest einen wunderschönen Blumenstrauß besorgen und ihn in meinem Namen an Francine übergeben.

Und du könntest ihr sagen, dass mir das alles sehr leidtut. Sie weiß schon, was ich damit meine."

„*Das mit den Blumen mache ich sehr gern, Jean-Marie; aber das andere, das sagst du ihr selber, wenn du entlassen worden bist.*"

„Du hast ja recht, Onkel Osvaldo. Wahrscheinlich habe ich nur ein wenig Angst davor, es ihr zu sagen", erwiderte Jean-Marie.

„Ich habe das Gefühl, das Gefängnis hat dir gutgetan", sagte Osvaldo, *„du wirkst irgendwie gereifter."*

Jean-Marie lächelte. Der Aufenthalt hinter Gittern hatte ihn geprägt. Der reduzierte, immer wiederkehrende, gleiche Tagesablauf, war nicht wirkungslos geblieben.

„Ich weiß nicht, ob ich gereifter bin, Onkel Osvaldo", sagte Jean-Marie, *„aber eines weiß ich; ich hatte genügend Zeit über mein Leben nachzudenken.*

Wie du weißt, musste ich ohne eine Mutter aufwachsen. Und auf meinen Vater musste ich über einen langen Zeitraum verzichten. Aber am meisten habe ich Mama vermisst.

Als dann Francine in mein Leben trat, ging die Sonne plötzlich für mich auf. Ich mochte sie vom ersten Moment unserer Begegnung an. Und als Papa gestorben war, habe ich mich sogar in sie verliebt.

Ich wollte ihr meine Liebe offenbaren, habe mich aber dabei verhalten, wie ein Elefant im Porzellanladen.

Als mich Francine abwies, war ich zu Tode beleidigt. Und was danach geschehen ist, das weißt du ja."

Osvaldo hatte aufmerksam zugehört. Es berührte ihn, dass Jean-Marie sich ihm so offenbarte.

Er stand auf und ging zu Jean-Marie hin.

„Komm her", sagte er und nahm seinen Patensohn in den Arm.

Jean-Marie begann zu weinen.

„Glaubst du, Francine wird mir je verzeihen können?", fragte er, und Osvaldo antwortete:

„Da bin ich mir ganz sicher. Aber das braucht sie gar nicht, weil sie dir nie böse war."

„Glaubst du wirklich?", fragte Jean-Marie.

„Das glaube ich nicht", antwortete Osvaldo, *„das weiß ich."*

„Danke, Onkel Osvaldo", sagte Jean-Marie und wischte sich die Tränen aus dem Gesicht.

„Ist schon gut, mein Junge", erwiderte Osvaldo, *„und pudere dir die Nase, bevor du nachher zum Essen gehst."*

Die beiden Männer lachten. Sie umarmten sich, und als Osvaldo gegangen war, fühlte Jean-Marie eine große Erleichterung.

*****

Dr. Moreau saß am Bett von Francine. Er hielt ihre Hand und fragte:

„Wie fühlst du dich, Francine?"

„Meine Seele weint, Gabriel, und sie will gar nicht mehr aufhören", antwortete Francine.

„Das ist kein Wunder, mein Kind", antwortete Gabriel, *„was dir in letzter Zeit widerfahren ist, ist mehr, als eine Seele zu ertragen vermag."*

Francine sah den Arzt lange an. Plötzlich legte sich ein sanftes Lächeln auf ihre Züge.

„Ist es nicht so, dass der Erzengel Gabriel Maria die Geburt Jesu verkündete?"

Der Arzt war verunsichert. Er antwortete ausweichend:

„Ich bin in Sachen Religion nicht gerade sehr bewandert."

„Das macht nichts", antwortete Francine, *„aber glaube mir, so steht es geschrieben."*

„Ich glaube dir, Francine", erwiderte Gabriel.

Als er die nächsten Worte von Francine vernahm, wurde er fast schwindelig und das Blut rauschte in seinen Ohren.

„*Du bist kein guter Erzengel, Gabriel*", sagte Francine, „*denn du hast mir nicht die Geburt meines Kindes verkündet, sondern seinen Tod.*"

Francine hatte zwei Tage zuvor eine Fehlgeburt.

Gabriel war zurückgewichen. Er hatte seine Hände von Francine zurückgezogen, als hätten ihn diese zu verbrennen versucht.

„*Ich bin kein Engel, Francine*", stieß er heftig hervor, „*und ich kann nichts dafür, dass du dein Kind verloren hast.*"

„*Ruhig, ruhig, Gabriel*", sagte Francine mit sanfter Stimme, „*ich weiß doch, dass du mir nicht mein Kind genommen hast; das war die schwarze Hexe.*

Du warst nur der Überbringer der Nachricht. Dich trifft keine Schuld. Gib mir wieder deine Hände, damit ich sie halten kann."

Gabriel tat, wozu Francine ihn aufgefordert hatte. Ihm war bewusst, dass Frauen, nach einem Abortus, meist in eine tiefe Depression fallen; aber was er gerade erlebt hatte, konnte er nur schwer einordnen.

„*Es tut mir unendlich leid, Francine*", sagte Gabriel, „*und ich würde dir gern helfen; aber das kann ich nicht. Ich würde dir sehr gern einen lieben Kollegen schicken, der dir helfen kann.*"

„*Du meinst so einen Seelenklempner*", erwiderte Francine, „*das möchte ich nicht, und das brauche ich auch nicht.*

Aber ich will dir sagen, was ich gern möchte. Ich möchte für einige Zeit von der Insel weggehen und meine schlimmen Erinnerungen zurücklassen.

Was hältst du davon?"

Dr. Moreau wollte schon antworten, dass die Erinnerungen mitreisen würden, unterließ es aber.

„*Und hast du auch schon eine Idee, wohin du reisen möchtest?*", fragte er stattdessen.

„*Nein, habe ich nicht*", antwortete Francine, „*aber da wird mir schon noch etwas einfallen.*"

„*Das freut mich, Francine*", sagte Gabriel, „*und ich glaube, das ist eine wunderbare Idee. Und wenn du weißt, wohin es dich zieht, dann sagst du es mir bitte.*

Ich werde mich dann mit dir gemeinsam freuen."

„*So machen wir das, mein armer Engel Gabriel*", erwiderte Francine und lächelte.

Dr. Moreau verließ den Raum, erfüllt von einer großen Sorge, und umhüllt von einer schwarzen Wolke der Verunsicherung.

*****

René Odermatt klopfte vorsichtig an die Tür. Nachdem er, trotzt mehrmaligen Klopfens, keine Aufforderung zum Eintreten erhielt, machte er die Tür einen kleinen Spalt weit auf.

Francine lag in ihrem Bett und hörte mit Kopfhörern Musik.

René trat langsam näher. Francine bemerkte den Verwalter und nahm die Kopfhörer ab.

„Warum kommst du nicht näher, René?", sagte Francine, *„ich habe keine ansteckende Krankheit; du kannst ruhig näherkommen."*

„Ich habe dir Blumen mitgebracht", sagte René, und Francine antwortete:

„Das ist lieb von dir. Holst du bitte eine Vase? Sie stehen draußen auf dem Gang auf einem kleinen Tischchen."

René holte eine Vase und ging damit ins Bad, um sie mit Wasser zu füllen. Als er zurückkam, fragte er:

„Wo darf ich die Blumen denn hinstellen?"

„Hierher, zu mir", antwortete Francine, *„sie sind so schön; ich möchte sie ganz nah bei mir haben."*

Als René die Vase abstellte, griff Francine nach seinem Arm. René erschrak.

„Ich freu mich so sehr, dass du gekommen bist", sagte Francine, „vielleicht sagst du mir ja, was auf dem Fest passiert ist. Die andern hüllen sich in Schweigen, was ich überhaupt nicht verstehe.

Habe ich unanständige Lieder gesungen oder habe ich auf dem Tisch getanzt oder habe ich noch etwas viel Schlimmeres gemacht?"

„An was kannst du dich denn noch erinnern?", fragte René, und Francine antwortete:

„An die alte Frau, die an unseren Tisch kam. Danach kommt ein großes, schwarzes Loch. Mein Erinnerungsvermögen setzt erst wieder ein, als ich im Spital erwache."

René sah Francine an. Er überlegte, was er ihr antworten sollte, ohne ihr Schaden zuzufügen.

„Der Auftritt dieser Frau hat dich völlig aus der Bahn geworfen. Sie hat etwas gesagt, was dich fürchterlich erregt hat.

Du bist ins Verwaltungsgebäude gestürzt, und ich bin dir gefolgt. Dann habe ich dir ein Taxi gerufen, das dich nach Hause geführt hat."

„Warum hast du das nicht gemacht?", fragte Francine, und René antwortete:

„Bei meinem Alkoholspiegel wäre das keine so gute Idee gewesen."

„*Wie dumm von mir*“, sagte Francine, „*entschuldige, dass ich nicht selbst daran gedacht habe.*“

„*Das macht doch nichts*“, antwortete René, der in diesem Moment sehr froh darüber war, dass sich Francine nicht erinnern konnte. Auch nicht an die, von ihr ausgesprochene, Entlassung. Die hatte er ja sowieso nicht ernst genommen.

„*Auf jeden Fall bin ich sehr froh, dass du gekommen bist*“, sagte Francine, „*und jetzt erzähle mir ein bisschen über die Schweiz.*“

René war überrascht, als er das hörte.

„*Die Schweiz muss sehr schön sein*“, fuhr Francine fort, „*obwohl ich früher in einem Nachbarland gewohnt und gelebt habe, bin ich nie dorthin gekommen.*

Ich weiß nicht, ob dir bekannt ist, dass die Eltern von Jaques eine Zeit lang, während ihrer Flucht, dort gelebt haben. Ich glaube, es war in der Nähe von Zürich.“

„*Das ist nicht die Schweiz*“, sagte René, und als Francine ihn erstaunt ansah, fügte er hinzu:

„*Zumindest nicht für mich. Meine Schweiz, das sind die Berge, Almen, Wiesen, der Duft von frischem Heu und die Glocken, die um den Hals der Kühe baumeln und einen schrecklichen Lärm machen.*“

René war sichtbar ins Schwärmen geraten, als er das erzählte, und Francine hatte sich mitreißen lassen.

„*Da will ich unbedingt hin*", sagte sie und ihre Augen leuchteten.

„*Wenn du möchtest, dann zeige ich dir meine Heimat*", sagte René und sah Francine erwartungsvoll dabei an.

„*Das würdest du tun?* ", fragte Francine, und René antwortete:

„*Für dich würde ich alles tun. Ich würde dir sogar die Sterne vom Himmel holen, wenn sie nicht so weit weg wären.* "

Francine lachte und erwiderte:

„*Es genügt mir, dass du mir deine Heimat zeigen willst.* "

René hatte sich von der ersten Begegnung an in diese Frau verliebt, und er würde alles dafür tun, sie zu besitzen.

„*Sagt dir der Name Carl Zuckmayer etwas*", fragte René, und Francine antwortete fragend:

„*Ist das nicht ein Schweizer Schriftsteller?* "

„*Ja und nein*", antwortete René, „*Carl Zuckmayer wurde in Deutschland geboren, musste dann vor den Nazis fliehen, bekam in den USA die amerikanische Staatsbürgerschaft und arbeitete sogar für deren Geheimdienst, kam nach Deutschland zurück, und ging später in die Schweiz.*

In Saas-Fee, das liegt im Kanton Wallis, nicht weit von meinem Heimatdorf entfernt, kaufte er ein Haus, wo er bis zu seinem Tod lebte. Er war inzwischen Schweizer Staatsbürger."

„*Ein sehr bewegtes Leben*", sagte Francine, die René aufmerksam zugehört hatte. „*Wieso weißt du so viel über diesen Mann?*"

„*Weil ich ihn bewundere für seine Haltung während der Nazizeit, und für seine Bücher*", antwortete René, und fragte Francine:

„*Kennst du denn welche von ihm? Hast du schon einmal etwas von ihm gelesen?*"

Francine überlegte kurz und antwortete dann freudig:

„*Gelesen nicht*", antwortete Francine, „*aber ich habe einen Film mit Curd Jürgens von ihm gesehen. Das war ein toller Film.*"

„*Wie hieß der Film?*", fragte René.

„*Des Teufels General*", antwortete Francine. „*Hast du den vielleicht auch gesehen?*"

„*Nein*", erwiderte René lachend, „*ich hab `s nicht so mit Kino.*"

„*Weißt du überhaupt, was diesem Stück zugrunde liegt?*", fragte René, worauf Francine den Kopf schüttelte.

„Es geht um den Absturz des Fliegerasses Ernst Udet, mit dem Zuckmayer persönlich bekannt war, und der die Vorlage für die Filmfigur des General Harras war. Beide sind Gegner des Nazi-Regimes und beide sterben bei einem Absturz und werden mit einem Staatsbegräbnis geehrt."

„Das wusste ich nicht", erwiderte Francine, und als wolle sie sich für ihre Unkenntnis entschuldigen, fügte sie hinzu:

„Ich war noch relativ jung, als ich den Film gesehen habe; aber ich glaube auch nicht, dass viele Kinogänger davon wussten."

„Carl Zuckmayer hat noch viele weitere gute Romane verfasst, von denen einige auch verfilmt wurden. <Der fröhliche Weinberg>, <Der Schinderhannes>, und wohl das bekannteste, <Der Hauptmann von Köpenick>", sagte René, und Francine erwiderte freudig:

„Den Film kenne ich auch. Der war mit Heinz Rühmann, stimmt `s?"

„Ich glaube, ja", antwortete René, *„aber ich wollte dir noch von seinem letzten Werk erzählen, welches den Titel <Als wär `s ein Stück von mir> trägt, und das auch ein Stück weit von Saas-Fee handelt.*

Der Titel entstammt einer Zeile aus dem Gedicht von Ludwig Uhland <Der gute Kamerad> und handelt von der Teilnahme Zuckmayers als Freiwilliger im Ersten Weltkrieg. Er schreibt in seinem Buch

...Zum Abschluss spielte die Militärkapelle, in langsamem Takt, das Lied vom guten Kameraden, und wir sangen mit, ohne noch die Bedeutung dieser Strophe zu ahnen: „Es hat ihn weggerissen – er liegt zu meinen Füßen – Als wär `s ein Stück von mir."

René hielt inne nach diesen Worten und sah Francine an. Francine hatte Tränen in den Augen.

„*Das ist wunderschön*", sagte sie, „*und es macht auch sehr traurig.*"

René lächelte. Er nahm die Hand Francines und sagte:

„*Carl Zuckmayer war ein ganz besonderer Mensch. Wenn du möchtest, können wir sein Grab besuchen. Er ist in Visp begraben, keine 30 Kilometer von Saas-Fee entfernt.*"

„*Das würde ich sehr gern*", antwortete Francine, „*aber erzähl mir noch mehr über Saas-Fee.*"

„*Saas-Fee ist ein kleines Dorf mit noch nicht einmal 2000 Einwohnern*", begann René, „*und doch ist es etwas ganz Besonderes. Elf Viertausender umsäumen den Ort.*

Du musst dir einmal vorstellen, du stehst dort, und dann drehts du dich einmal um deine eigene Achse und siehst diese vielen, schneebedeckten Giganten der Berge. Das ist atemberaubend.

Carl Zuckmayer beschreibt Saas-Fee in seiner Autobiografie als <Anfang und Ende der Welt>, und das ist absolut zutreffend."

„Und das wirst du mir alles zeigen?", fragte Francine, und René antwortete:

„Das und noch viel mehr."

Renés Herz schlug wie wild. Er war sich sicher, dass er der Frau, die er liebte, ja fast schon anbetete, in diesem Moment ein großes Stück nähergekommen war.

*****

Francines seelischer Zustand wurde von Tag zu Tag besser. Dr. Moreau beschloss daher, Francine mit der ganzen Wahrheit, über den Verlust ihres Kindes, zu konfrontieren.

„Ich bin sehr glücklich, dass es dir so gut geht", sagte er, als er zur Verabschiedung Francines in ihrem Zimmer war.

„Das liegt daran, dass ich mich schon so sehr auf meine Reise freue", antwortete Francine.

„Welche Reise?", fragte Dr. Moreau.

„*Die Reise zu Carl Zuckmayer*", antwortete Francine lachend, was den Arzt etwas verwirrte.

„*Ich fliege mit René in seine Heimat, nach Saas-Fee, wo der berühmte Schriftsteller, Carl Zuckmayer, gelebt hat*", fügte Francine hinzu.

„*Aha*", sagte Dr. Moreau, „*das freut mich für dich. Und vergiss nicht, mir eine Ansichtskarte von dort zu schicken.*"

„*Auf keinen Fall, Gabriel*", erwiderte Francine.

„*Ich möchte mit dir über etwas reden*", sagte Dr. Moreau, jetzt wieder in ernsterem Ton.

„*Über was?*", fragte Francine.

„*Ich möchte mit dir über den Verlust deines Kindes reden*", antwortete der Arzt, was bei Francine eine heftige Reaktion auslöste.

„*Das möchte ich nicht*", erwiderte sie barsch, „*ich möchte nicht darüber reden. Ich habe mit dem Thema abgeschlossen, hörst du?*"

„*Es muss aber sein*", sagte Dr. Moreau bestimmend, „*es geht um die Schuldfrage.*"

„*Die ist doch längst geklärt*", erwiderte Francine, sich jetzt doch auf das Gespräch einlassend, „*schuld ist die alte Hexe.*"

„Eben nicht", antwortete Dr. Moreau, *„die Frau hat dir das Leben gerettet."*

Francine starrte den Arzt mit weit aufgerissenen Augen an.

„Was sagst du da?", fragte sie entsetzt, *„wie meinst du das, Gabriel?"*

„Ich will es dir erklären", antwortete Dr. Moreau, und setzte sich auf das Bett von Francine.

„Ab dem 35. Lebensjahr spricht die Medizin schon von einer Risikoschwangerschaft.

In manchen dieser Fälle kann hierbei das <Syndrom des toten Fetus> entstehen. Das ist eine seltene Komplikation der verhaltenen Fehlgeburt.

Es fehlen in einem solchen Fall offensichtliche Symptome, und dadurch bleibt die abgestorbene Frucht manchmal lange in der Gebärmutter.

Bei der biologischen Zerstörung des Fetus werden schädliche Stoffe frei. Diese können schließlich in die Blutbahn der Mutter übertreten und zu einer schweren Sepsis führen.

Dies wiederum kann dann zu lebensgefährlichen Störungen der Blutgerinnung führen."

Als Dr. Moreau am Ende seiner Ausführungen angelangt war, sah er in ein völlig verwirrtes Gesicht.

„*Das ist unglaublich*", sagte Francine, „*und das verstehe ich auch; aber was hat das mit der alten Frau zu tun?*"

Francine, noch immer beeindruckt von den Worten des Doktors, hatte bewusst das Wort „Hexe" vermieden, als sie die Frage stellte.

Dr. Moreau lächelte und antwortete:

„*Die Mambo hat das gesehen, und dir dadurch das Leben gerettet.*"

„*Wie konnte sie das sehen?*", fragte Francine weiter.

„*Genau kann ich dir das auch nicht erklären*", antwortete der Arzt, „*sie ist eben eine Voodoo-Priesterin…*"

*****

Der Commissioner hatte Jean-Marie vom Gefängnis abgeholt und ihn direkt zu Francine gefahren. Zuvor hatte sie dem Commissioner das Versprechen abgenommen, Jean-Marie, und auch niemand sonst, von ihrer Fehlgeburt zu erzählen.

Francine hatte eine kleine Willkommensfeier für Jean-Marie arrangiert. Sie hatte auch Dr. Moreau und den Verwalter dazu eingeladen.

„Es ist schön, dass du wieder da bist", begrüßte Francine Jean-Marie und umarmte ihn.

„Ich bin auch sehr froh", antwortete Jean-Marie, *„die Luft, außerhalb der Gefängnismauern, ist viel würziger, und das Essen ist auch viel besser.*

Aber ich danke dir sehr, liebe Francine, für dein herzliches Willkommen. Und ich danke dir, Onkel Osvaldo; denn ohne deine Hilfe hätte ich das nicht überstanden.

Ich möchte auch dir danken, René, dass du dich um die Firma gekümmert hast."

„Jetzt ist es aber genug", unterbrach Osvaldo die Dankesrede von Jean-Marie, *„lass uns endlich essen; ich habe Hunger."*

Die Anwesenden lachten, und dann gaben sie sich dem köstlichen Essen hin, während sie eine angeregte Unterhaltung pflegten.

„Ich fliege demnächst mit Francine in die Schweiz, um ihr meine Heimat zu zeigen", sagte René plötzlich, was Francine erschreckte.

Sie blickte ängstlich zu Jean-Marie, ausgelöst durch das unliebsame Ereignis vor einiger Zeit.

Aber zu ihrem großen Erstaunen passierte nicht das, wovor sie sich augenblicklich gefürchtet hatte.

Jean-Marie lächelte sie an und sagte:

„Das wird dir sicher gefallen. Ich war selbst nie dort, aber ein wenig weiß ich von Erzählungen meines Vaters und von René."

„Und die Luft dort wird dir bestimmt guttun", fügte Dr. Moreau fürsorglich hinzu, was jedoch Jean-Marie veranlasste, zu fragen:

„Weshalb warst du eigentlich im Spital, Francine?"

Die Geräusche, wie sie bei Tisch normalerweise üblich sind, verstummten augenblicklich. Es war der Doktor, der geistesgegenwärtig antwortete:

„Eine Frauensache; nichts für Männerohren."

Und das anschließende, kollektive Lachen bestätigte die Richtigkeit dieser Aussage.

Als alle Gäste gegangen waren, ging Francine in den Garten zu Jaques.

„Hallo, mein Liebster, es tut mir leid, dass ich so lange nicht mehr hier war; aber es hat einen Grund.

Ich mag es dir kaum sagen, weil es kein schöner Grund ist. Unser Kind ist gestorben.

Francine begann zu weinen.

"Verzeih; aber es tut noch immer sehr weh...

Und dabei habe ich noch Glück gehabt, sagt Gabriel. Ich hätte auch sterben können, wenn eine der Arbeiterinnen es nicht bemerkt hätte, dass unser Kind gestorben ist.

Sie heißt Cécilie und ist eine Mambo, das ist eine Voodoo-Priesterin. Aber das weißt du sicher. Vielleicht kennst du sie ja.

Es passierte bei unserem Fest. Sie ist auf mich zugekommen und hat das gesehen. Und dann hat sie es gesagt. Es war schrecklich.

Ich wurde dann ins Spital zu Gabriel gebracht, wo ich dann die Fehlgeburt hatte.

Vielleicht wäre ich besser auch gestorben, dann wären wir alle drei vereint gewesen.

So hatte ich zuerst gedacht. Aber jetzt bin ich froh, dass ich noch lebe.

Ich fliege nämlich demnächst mit René in die Schweiz. Er zeigt mir die Berge und seine Heimat. Der Doktor meint, dass es mir guttun wird.

Vielleicht besuche ich auch den Professor, bei dem deine Eltern damals waren; du weißt schon.

Heute ist Jean-Marie aus dem Gefängnis entlassen worden.

Wir haben eine kleine Feier veranstaltet. Es waren alle da: Gabriel, Osvaldo, René und natürlich Jean-Marie.

Es geht ihm recht gut. Ich glaube, das Gefängnis hat ihm nicht geschadet. Das ist übrigens auch die Meinung von Osvaldo.

Überhaupt bin ich sehr froh, dass Osvaldo auch mein Freund ist."

Ein plötzliches Geräusch erschreckte Francine. Es war Osvaldo, der vermutlich auf einen Zweig getreten war.

„Entschuldige bitte, Francine", sagte Osvaldo, als er in ihr erschrecktes Gesicht sah, *„es tut mir leid.*

Ich habe geläutet, aber du konntest es ja nicht hören, weil du hier bist. Deshalb bin ich durch den Garten gegangen.

Es hat sich angehört, als würdest du mit jemandem reden, und deshalb habe ich auch nichts gesagt.

Ich habe wohl mein Telefon liegen lassen und wollte es holen. Wenn du es mir gibst, bin ich auch gleich wieder weg."

„Ich habe mit Jaques geredet", erwiderte Francine, *„und jetzt denkst du sicher, ich bin verrückt."*

„Aber nein", sagte Osvaldo lachend, *„das denke ich nicht. Jaques hat das früher auch gemacht. Ich bin manches Mal sogar mit dabeigesessen, wenn er mit seinen Ahnen kommuniziert hat."*

„Ist das wahr?", fragte Francine überrascht, und Osvaldo antwortete:

„Indianerehrenwort!"

Francine lächelte. Sie war sichtlich erleichtert.

„Ich werde auch gleich wieder verschwinden", sagte Osvaldo, *„wenn du mir bitte nur mein Telefon holen würdest."*

„Nichts da", antwortete Francine, *„du bleibst und trinkst mit mir noch ein Glas. Und dann erzählst du mir, warum du nicht bei meiner Hochzeit warst. Das bist du mir noch schuldig.*

Und außerdem erzählst du mir von Jaques und dir, und was ihr in eurer Jugend so alles angestellt habt.

Du kannst dir ja schon einmal ein paar Gedanken machen. Ich gehe inzwischen hinein, schaue nach deinem Telefon und bringe den Wein mit."

Als Francine zurückkam, ging gerade die Sonne unter, und Osvaldo sagte:

„Scheint die Sonne noch so schön, einmal muss sie unter gehn."

„*Ist das von dir?*", fragte Francine.

Osvaldo lachte und antwortete:

„*Wo denkst du hin; das ist von dem Österreicher Ferdinand Raimund aus seinem Stück <Der Bauer als Millionär>*".

„*Und das kennst du?*", fragte Francine überrascht.

„*Das, und noch viel mehr. Das hat mir alles meine Mutter beigebracht.*"

„*Jetzt versteh ich überhaupt nichts mehr*", erwiderte Francine, „*woher kennt deine Mutter das?*"

Das Gesicht von Osvaldo wurde plötzlich sehr ernst.

„*Meine Mutter war aus Österreich, sie war eine echte Wienerin.*"

„*Wieso war?*", fragte Francine, „*lebt sie nicht mehr?*"

„*Nein*", antwortete Osvaldo, „*sie ist ein paar Tage, nachdem ihr auf die Insel kamt, gestorben. Jetzt weißt du auch, warum ich mich nicht gleich bei euch gemeldet habe.*

Sie war sehr krank, und ich habe sie die letzten Wochen vor ihrem Tod begleitet. Sie wohnte, zusammen mit meinem Vater, auf einer Nachbarinsel."

„*Das tut mir unendlich leid, Osvaldo*", sagte Francine. Als sie sah, dass Osvaldo Tränen in den Augen hatte, umarmte sie ihn.

„*Sie war so eine wunderbare Mutter, und sie hat so leiden müssen. Das ist nicht gerecht.*"

„*Und wie geht es deinem Vater? Lebt der noch?*"

„*Ja, er lebt noch*", antwortete Osvaldo. „*Wenn man das überhaupt als <leben> bezeichnen kann. Mein Vater war früher ein Fels in der Brandung; aber mit der Krankheit meiner Mutter und dem Dahinsiechen konnte er einfach nicht umgehen. Er hat sich in den Alkohol geflüchtet.*"

„*Kümmerst du dich um ihn?*", fragte Francine.

„*Ich kann nicht*", antwortete Osvaldo, „*ich kann ihm nicht verzeihen, dass er meine Mutter im Stich gelassen hat.*"

„*Weißt du was*", sagte Francine, „*jetzt lassen wir alle trüben Gedanken, zusammen mit der Sonne verschwinden. Du machst die Flasche auf, und dann erzählst du mir von zwei Lausbuben, die Jaques und Osvaldo heißen. Ihr wart doch zwei Lausbuben, oder?*"

„*Oh, ja*", antwortete Osvaldo, „*das waren wir.*"

Er drehte seinen rechten Arm, sodass die Handinnenfläche nach oben zeigte. Dann deutete er auf eine kleine Narbe im Bereich der Handwurzel und fragte:

„Weißt du, was das ist?"

„Um Himmels willen", entfuhr es Francine, *„wolltest du einmal Selbstmord begehen?"*

„Aber nein, du Schaf", rutschte es Osvaldo heraus, *„da haben Jaques und ich Blutsbrüderschaft geschlossen.*

Leider war unser Taschenmesser nicht steril, und wir sind nur knapp an einer Blutvergiftung vorbeigeschrammt."

Francine lachte erleichtert auf.

„Bitte, entschuldige das <Schaf> von eben", sagte Osvaldo erschrocken, worauf Francine antwortete:

„Ist schon ok, mein Lieber; aber <Schäfchen> würde mir besser gefallen."

Osvaldo errötete leicht. Er fühlte sich der Frau seines besten Freundes plötzlich ganz nah und im Herzen fest verbunden.

„Du bist eine wunderbare Frau, Francine", sagte Osvaldo, worauf Francine antwortete:

„Und du bist ein ganz toller Mann und Freund."

„Lass uns darauf anstoßen", sagte Osvaldo, der inzwischen die Flasche entkorkt und die Gläser angefüllt hatte.

„*Und auf Jaques*", ergänzte Francine.

„*Und auf Jaques*", wiederholte Osvaldo.

„*Aber jetzt musst du mir mehr von euch erzählen*", sagte Francine, nachdem sie einen Schluck getrunken hatten.

„*Jaques und ich waren unzertrennlich. Mein Vater war damals Verwalter auf der Plantage. Eines Tages, ich glaube, wir waren zehn oder elf Jahre alt, hat uns ein Arbeiter eine Zigarette angeboten.*

Nach einem eher zaghaften Abwehrversuch haben wir die Zigarette geraucht. Wir haben abwechselnd daran gezogen, und als uns der Arbeiter vormachte, wie man einen Lungenzug macht, da ist es passiert.

Jaques bekam einen heftigen Hustenanfall und wäre beinahe erstickt. Das Schlimmste war jedoch, dass dadurch mein Vater aufmerksam geworden war. Er hatte in der Nähe zu tun und hörte das erbärmliche Husten und Keuchen von Jaques."

„*Was ist dann passiert?*", fragte Francine aufgeregt.

„*Du wirst es kaum glauben*", antwortete Osvaldo. „*Mein Vater hat den Mann sofort entlassen und davongejagt.*"

„*Und was hat er mit euch gemacht?*", fragte Francine weiter.

96

„*Nichts*", antwortete Osvaldo, „*das ist ja das Verrückte an der Geschichte.*"

Francine überlegte einen Augenblick und sagte dann:

„*Das verstehe ich nicht.*"

„*Mein Vater hat uns erklärt, dass durch den Rauswurf die Familie des Arbeiters nichts mehr zu essen hätte. Und das wäre ganz allein unsere Schuld.*"

Jetzt verstand Francine.

„*Das ist aber sehr hart*", sagte sie, „*ihr wart doch noch Kinder.*"

„*Glaube mir, Francine*", erwiderte Osvaldo, „*eine ordentliche Tracht Prügel wäre uns lieber gewesen.*"

Man konnte sehen, dass Osvaldo mit seinen Gedanken gerade in jenen Tagen verweilte.

„*So war mein Vater damals*", fuhr er fort, „*ein Mann wie ein Bär und mit Prinzipien. Ich wünschte, er hätte sie auch gehabt, als Mama so krank wurde.*"

Francine legte ihre Hand auf den Arm von Osvaldo. Osvaldo spürte die Liebe, welche davon ausging, und er legte seine Hand auf die Hand von Francine.

„*Du bist so lieb, Francine*", sagte er und blickte Francine in die Augen.

Francine ließe es zu und hielt dem Blick von Osvaldo stand.

Es war inzwischen dunkel geworden.

„Wollen wir hineingehen?", fragte Francine, und Osvaldo antwortete:

„Nein, liebste Francine; ich werde jetzt lieber gehen."

„Warum?", fragte Francine, und in ihrer Stimme schwang fast ein wenig Wehmut mit.

„Weil ich Angst habe, dass etwas Zartes und Wunderschönes zerbrechen könnte."

Osvaldo stand auf, beugte sich zu Francine hinunter und gab ihr einen zarten Kuss auf die Stirn.

„Ich danke dir für den wunderschönen Abend, und ich wünsche dir eine gute Nacht."

„Das wünsche ich dir auch, du Lieber", erwiderte Francine, *„und komm recht bald wieder. Ich würde mich sehr freuen."*

Als Osvaldo nicht mehr zu sehen war, wanderte ihr Blick zu dem Stein, und sie sagte:

„Ich hoffe, du bist nicht eifersüchtig, mein Liebster."

*****

Jean-Marie hatte seine Arbeit als Geschäftsführer der Plantage wieder aufgenommen, und alles lief seinen gewohnten Gang.

Der Commissioner hatte „Le Roi" aufgesucht, um ihm unmissverständlich klarzumachen, was ihn erwarten würde, wenn Jean-Marie etwas zustieße.

Er hätte mit täglich durchgeführten Razzien seiner diversen Etablissements zu rechnen, was sich nicht wirklich geschäftsfördernd auswirken würde. Und für ihn persönlich würde es auf jeden Fall unliebsame Folgen haben.

„Le Roi" und der Commissioner verstanden sich auf Anhieb, und Jean-Marie war somit aus der Schusslinie.

Damit wurde Francine die Angst und die Sorge um die Gesundheit von Jean-Marie genommen, über dem noch immer das Schwert der Rache bis dahin beängstigend geschwebt war.

„Ich bin dir so unendlich dankbar, dass du das getan hast", sagte Francine, als sie von Osvaldo darüber informiert wurde.

„Das musste ich tun", antwortete Osvaldo, *„schließlich ist Jean-Marie mein Patensohn, und außerdem bin ich als Commissioner dafür verantwortlich, dass Ruhe und Frieden auf der Insel herrschen."*

„Ich weiß gar nicht, wie ich dir danken soll", sagte Francine, und Osvaldo antwortete:

„Ich hätte da schon eine Idee.“

„Heraus damit“, sagte Francine, „was es auch ist, es sei dir gewährt.“

Francine unterstrich diese Worte mit einer theater-reifen Geste.

Anhand des Gesichtsausdruckes von Osvaldo er-kannte Francine, dass es bei dem Wunsch wohl eher nicht um ihre Person ging. Dazu war er viel zu ernst.

„Ich habe dir doch von meinem Vater erzählt, und dass er sich dem Alkohol verschrieben hat“, begann Osvaldo, und Francine nickte.

„Das Hôpital von Anse-à-Galets hat mich angeru-fen und mir mitgeteilt, dass mein Vater im Sterben liegt. Der Alkohol hat seine Leber aufgefressen.“

Es lag sehr viel Bitternis in diesen Worten, als Osvaldo das sagte. Er kämpfte mit sich selbst und den Erinnerungen, welche er mit Francine, noch vor weni-gen Tagen, geteilt hatte.

„Das tut mir sehr leid, Osvaldo“, erwiderte Fran-cine, „sag mir bitte, wie ich dir helfen kann.“

Osvaldo sah Francine lange an, bevor er antworte-te:

„Ich weiß nicht, was ich machen soll. Ich kann ihm einfach nicht verzeihen, dass er meine Mutter und mich im Stich gelassen hat, als wir ihn brauchten.“

„*Und jetzt braucht er dich, Osvaldo*", erwiderte Francine, „*mach jetzt nicht denselben Fehler, den er damals gemacht hat.*"

Osvaldo kämpfte mit den Tränen. Sein Stolz und seine, noch immer vorhandene, Verletztheit wollten es nicht zulassen.

„*Meinst du?*", sagte er mit tränenerstickter Stimme, und Francine antwortete:

„*Ja, Osvaldo.*"

Sie nahm Osvaldo in den Arm und flüsterte:

„*Weine nur, mein Lieber, weine nur; es befreit.*"

Und dann ließ Osvaldo seinen Tränen freien Lauf, und er spürte, wie sich der eiserne Ring um seine Brust zu lösen begann.

„*Danke Francine; ich danke dir so sehr*", sagte er; aber die Worte, die aus seinem Herzen laut hinausrufen wollten, flüsterte er ganz leise, sodass sie Francine nicht hören konnte:

„*Ich liebe dich, du wunderbare Frau.*"

Osvaldo löste sich aus der Umarmung von Francine und fragte:

„*Glaubst du, du könntest mich auf die Insel begleiten?*"

„*Wann immer du das möchtest*", antwortete Francine, und noch am selben Tag startete ein Hubschrauber und brachte den Commissioner und Francine auf die Nachbarinsel *Île de la Gonâve* zu dem Hôpital, in dem ein alter Mann auf den Tod wartete.

*****

„*Mein Name ist Osvaldo Kalali*", sagte der Commissioner, als er mit Francine im Zimmer der Ärztin stand, in welches er von der Anmeldung geschickt worden war. Osvaldo trug Uniform, weil er ja auch mit dem Polizei-Hubschrauber unterwegs war.

„*Ich weiß, wer Sie sind, Commissioner*", antwortete die Ärztin, „*ich habe Sie schon erwartet. Ich bin die behandelnde Ärztin Ihres Vaters.*"

Dann wandte sie sich zu Francine, streckte ihr die Hand entgegen und sagte:

„*Ich nehme an, Sie sind Madame Kalali.*"

„*Nein, nein*", kam es fast hektisch aus dem Mund von Osvaldo, „*das ist nur eine sehr liebe Freundin, das ist Madame vorm Walde.*"

Dass die Zunge oft schneller als das Gehirn ist, bedauerte Osvaldo noch im selben Augenblick. Er hätte sonst etwas dafür gegeben, hätte er das Wörtchen „nur" aus dem gerade Gesagten streichen können.

„*Verzeihen Sie meinen kleinen Fauxpas, Madame*", sagte die Ärztin mit einem Lächeln, und Francine erwiderte:

„*Kein Problem, Frau Doktor; ich stehe Herrn Kalali nur bei.*"

„*Bevor wir zu Ihrem Vater gehen, sollten Sie noch etwas wissen*", sagte die Ärztin. „*Ihr Vater steht unter starken Schmerzmitteln. Es besteht die Möglichkeit, dass er Sie gar nicht erkennt.*"

„*Wie lange hat er noch?*", erwiderte Osvaldo, was nicht nur Francine, sondern auch die Ärztin in Erstaunen versetze.

Es war weniger, **was** Osvaldo sagte, als **wie** er es sagte. Es waren seelenlose Worte, die aus seinem Mund gekommen waren. Es schien, als wolle er sich einen Panzer zum Schutz umhängen.

„*Das kann ich Ihnen nicht genau sagen*", antwortete die Ärztin, „*aber Ihr Vater wird diese Woche wohl nicht überleben. Ich bringe Sie jetzt zu ihm, wenn es Ihnen recht ist.*"

Die Ärztin hatte den Tonfall von Osvaldo übernommen. Sie konnte ja nicht wissen, welchem inneren Kampf Osvaldo gerade ausgesetzt war.

„*Wenn Sie mir dann bitte folgen wollen.*"

Das Zimmer, in welchem Alvaro Kalali lag, ähnelte mehr einem Sterbezimmer, als einem Krankenzimmer. Die Vorhänge waren zugezogen und eine schwache Lichtquelle warf ihr spärliches Licht auf den Kranken.

Osvaldo ging zum Fenster und riss mit einem kräftigen Ruck die Vorhänge zur Seite.

„Noch lebt er", rief er dabei und löste damit erneutes Erstaunen bei der Ärztin aus.

„Ich lasse Sie dann einmal allein", sagte sie und verließ das Zimmer, in Begleitung ihres arg lädierten Stolzes.

Osvaldo ging zum Bett des todkranken Mannes. Er blickte in das Gesicht seines Vaters, das eingefallen und aschfahl war. Die Augen waren geschlossen und die Atmung glich mehr einem Röcheln.

„Hallo, Papa", sagte Osvaldo mit sanfter Stimme, *„ich bin `s, Osvaldo. Ich habe dir jemand Liebes mitgebracht. Das ist Francine, die Frau von Jaques.*

Dass Jaques gestorben ist, wirst du ja erfahren haben. Es war ein schwerer Schock für uns alle. Ich kümmere mich ein bisschen um sie.

Ich weiß nicht, ob du mich hören kannst, ich möchte dir nämlich etwas sagen."

Osvaldo setzte sich neben das Bett und ergriff die Hand seines Vaters.

„Es tut mir leid, dass du dein Leben auf diese Weise beenden musst; aber jetzt kannst du nachfühlen, wie es Mama ergangen ist."

Als Francine das hörte, erschrak sie. Sie hatte nicht erwartet, dass Osvaldo mit seinem Vater abrechnen wollen würde. Dass sie sich gerade irrte, merkt sie aber schon im nächsten Augenblick.

„Ich habe dich all die Jahre über gehasst", fuhr Osvaldo fort, „aber ich möchte hier und jetzt damit aufhören.

Es gab Zeiten, da warst du für Mama und mich da. Das waren die Zeiten, an die ich mich mit großer Freude zurückerinnere.

Du hast mir damals Werte vermittelt, die mir in meinem späteren Leben immer sehr von Nutzen waren. Und dafür möchte ich dir danken.

Ich habe leider versäumt, es dir zu sagen, als du noch imstande gewesen wärst, es zu hören. Das tut mir leid."

Osvaldo wandte seinen Blick zu Francine.

„Hast du das gesehen?", fragte er Francine ganz aufgeregt, „er hat mir gerade die Hand gedrückt."

Francine, die das nicht gesehen hatte, antwortete:

„Ja, Osvaldo, ich habe es gesehen. Das ist wunderbar."

Osvaldo wandte sich wieder seinem Vater zu und sagte:

„Ich weiß, dass du bald sterben wirst, und ich möchte, dass wir ohne Groll voneinander Abschied nehmen.

Wenn es dir recht ist, Papa, dann werde ich dich neben Mama beerdigen. Dann kann ich euch immer gemeinsam besuchen.

Grüße sie lieb von mir, und gib ihr einen Kuss."

Osvaldo stand auf, gab seinem Vater einen Kuss auf die Stirn, und verließ dann, eiligen Schrittes, das Zimmer. Francine folgte ihm.

Osvaldo hatte sich an eines der Fenster auf dem Flur gestellt. Er blickte hinaus und ließ seinen Tränen freien Lauf.

Als Francine sich neben ihn stellte, sagte er:

„Was glaubst du? Hat er mich gehört?"

„Ich bin mir ganz sicher", antwortete Francine, die gerade daran denken musste, wie einmal jemand zu ihr gesagt hat, dass es den Begriff der „barmherzigen Lüge" gäbe. Damals hatte sie das abgelehnt. Aber in diesem Augenblick war sie völlig davon überzeugt.

*****

Jean-Marie hatte mehrmals versucht, Francine dazu zu bringen, ihren Traum vom eigenen Café endlich zu verwirklichen.

Jaques hatte ja für sie das heruntergekommene Café créole gekauft; aber nach seinem Tod hatte Francine die Entscheidung, ob sie es verkaufen solle oder reaktivieren, immer wieder vor sich hergeschoben.

Als Jean-Marie das Argument vorbrachte, Jaques wäre bestimmt enttäuscht darüber, wenn sie das Café wieder verkaufen würde, willigte Francine schließlich ein.

Heute war es nun soweit. Jean-Marie hatte seinen Freund, Pierre Marais, aufgefordert, Entwürfe anzufertigen, welche er Francine jetzt vorlegte.

Pierre war ein Schulkamerad von Jean-Marie und Innenarchitekt von Beruf, und als Jean-Marie von dem Projekt erzählte, war er sofort Feuer und Flamme.

„Sie wissen gar nicht, wie sehr ich mich darüber freue, dass Sie das alte <Café créole> wiederbeleben wollen, Madame", sagte er, und er strahlte förmlich dabei.

„Sachte, sachte, junger Mann", erwiderte Francine, *„noch ist es nicht soweit. Ich muss mir das Ganze erst einmal ansehen, ob es mir gefällt. Und nennen Sie mich Francine und nicht Madame."*

„Sehr gern, Francine", antwortete Pierre und breitete seine Pläne aus.

Francine schaute sich die Entwürfe eingehend an, und je länger sie das tat, umso besser gefiel ihr, was sie sah.

„Ich muss sagen, Sie überraschen mich, Pierre", sagte Francine, und Pierre erwiderte:

„Die Holzveranda und das Dach müssten neu gemacht werden, und die blaue Farbe könnte man gegen eine andere austauschen, wenn Sie das wünschen."

„Veranda und Dach, ja; aber die Farbe bleibt. Vielleicht kann man sie ja auffrischen."

„Man könnte das Holz abschleifen und dann neu anstreichen", sagte Pierre.

„Aber im selben Farbton wie zuvor", warf Francine ein. *„Ich möchte die Ursprünglichkeit erhalten, und der Vorbesitzerin damit meinen Respekt bezeugen."*

„Das ist ein sehr schöner Gedanke, Francine", sagte Pierre, schon beinahe euphorisch, worauf Jean-Marie es sich nicht verkneifen konnte, zu sagen:

„Du brauchst sie gar nicht so anschmachten, sie steht nicht auf junges Gemüse."

Pierre verfärbte sich augenblicklich, und Francine rettete ihn aus der verfänglichen Situation, indem sie sagte:

„*Wenn ich frei wäre, dann könnte ich mich schon für Pierre erwärmen. Er ist sehr schön, und er hat auf jeden Fall bessere Manieren als du, Jean-Marie.*"

„*Touché!*"[12], sagte Jean-Marie zu Francine, und zu Pierre gewandt:

„*Sei mir nicht böse, Pierre; ich konnte nicht anders.*"

„*Ist schon gut*", erwiderte Pierre, dessen Gesichtsfarbe wieder ihren Normalzustand zurückgewonnen hatte.

„*Was ist mit der Inneneinrichtung?*", brachte Pierre die kleine Versammlung wieder zum ursprünglichen Thema zurück.

„*Da möchte ich Sie um Vorschläge bitten, lieber Pierre*", sagte Francine, „*aber bedenken Sie dabei, dass ich keinesfalls vom Bisherigen das völlige Gegenteil erwarte.*"

„*Das hätte ich nie gemacht, Francine. Mit dem <Café créole> verbinde ich schöne Erinnerungen, und es wäre toll, wenn sie sich im neuen Gewand widerspiegeln würden.*"

*****

---

[12] Französischer Ausruf, um seinem Gegenüber für eine gelungene Argumentation Respekt zu zollen. (Berührt)

Der Commissioner hatte Francine und René zum Flughafen gebracht. Es bedurfte jedoch zuvor großer Überzeugungsarbeit, bis Francine eingewilligt hatte.

Die bevorstehende Revitalisierung des alten Cafés hatte sie voll erfasst, und am liebsten hätte sie die geplante Reise in die Schweiz wieder abgesagt.

Aber sowohl der Commissioner, als auch Dr. Moreau hatten ihr gut zugeredet, die Reise zu machen. Sogar Jean-Marie hatte darauf bestanden.

Vielleicht war das der Grund, dass Francine zugesagt hatte. Die Meinung von Jean-Marie war ihr schon sehr wichtig.

Osvaldo gab Francine zum Abschied einen Brief, mit der Auflage, ihn erst später zu lesen.

Der erste Teil der Reise ging von Port-au-Prince nach Miami, wo sie nach etwas mehr als zwei Stunden landeten.

Von dort ging es – nach einem kurzen Aufenthalt – weiter nach Zürich. Die vorgesehene Flugzeit dafür betrug neun lange Stunden.

Francine hatte einen Fensterplatz und genoss die herrliche Aussicht auf diverse Wolkengemälde, welche der Himmel immer wieder neu gestaltete.

Als René nach ein paar Stunden neben ihr eingeschlafen war, öffnete Francine den Brief, den ihr Osvaldo, vor ihrem Abflug, gegeben hatte.

„Liebste Francine,

ich habe für dich die Adresse der Klinik ausfindig gemacht, in welcher deine Schwiegereltern, auf ihrer Flucht vor der SS, einige Zeit zugebracht haben.

Die Privatklinik Birngruber befindet sich in Winterthur, das ist ca. eine halbe Autostunde vom Flughafen entfernt.

Ich wünsche dir und René eine gute Reise, hab Spaß und erhole dich gut.

Liebste Francine, in mir ist so viel, was ich dir sagen möchte, wozu mir aber bisher der Mut gefehlt hat. Die Punkte im Herzen sind ein Symbol dafür. Wenn du wieder zurück bist, werde ich sie gegen Worte eintauschen.

Herzlichst,

Dein Osvaldo

Francine las den Brief mehrmals. Ein wunderbares Gefühl ergriff sie. Es war ein Gefühl der Vertrautheit und der Liebe, das sie bisher nur von Jaques kannte.

„*Oh, mein Gott*", entfuhr es ihr leise.

„*Was ist los?*", fragte René, der gerade aufgewacht war, „*sind wir schon da?*"

„*Nein*", antwortete Francine, „*schlaf ruhig weiter, es ist alles gut.*"

Als tiefe Atemzüge davon zeugten, dass René schon wieder in Morpheus' Arme zurückgekehrt war, fragte sich Francine, warum sie in dieser Maschine saß, die sie so weit von dem Menschen brachte, der ihr seine Liebe offenbart hatte, und zu dem sie sich seitdem mit aller Macht hingezogen fühlte.

Es war schon nach Mitternacht, als die Maschine in Zürich landete. René hatte die größte Zeit des Fluges über geschlafen, während Francines Gedanken wie wild hin und her wirbelten.

Ein Taxi brachte die beiden zum nahe gelegenen Hotel Majestic. René hatte es vorab schon von zuhause gebucht.

Der Portier nahm die Pässe der Reisenden entgegen und überreichte René den Schlüssel mit den Worten:

„*Die Formalitäten können wir am Morgen erledigen. Sie werden sicher müde sein von der langen Rei-*

se. Ich wünsche Ihnen und der verehrten Gattin eine gute Nacht!"

Francine war viel zu müde, um das Gesagte zu erfassen. Sie wollte nur noch schlafen.

Als sie wenig später in der Suite angelangt waren, war die Müdigkeit plötzlich wie weggeblasen.

„Hast du nur ein Zimmer gebucht?", fragte sie in aufgeregtem Ton, und René antwortete:

„Ja, ich dachte, du wolltest das so."

Francine spürte, wie ihr das Blut in den Kopf schoss. Ihre so wunderschöne Stimmung, die sie seit dem Lesen des Briefes von Osvaldo wie einen kostbaren Schatz in sich trug, war mit einem Schlag verflogen.

„Wie kommst du auf diese absurde Idee?", fragte sie lautstark, und René antwortete:

„Ich dachte, zwischen uns wäre etwas…"

„Bist du total übergeschnappt", sagte Francine, wobei ihre Stimme noch lauter wurde, „das Einzige, was zwischen uns ist, ist Luft, sehr viel Luft.

Und jetzt geh hinunter und lass dir ein Zimmer geben. Hier schläfst du heute Nacht auf gar keinen Fall."

René nahm seinen Koffer und verließ die Suite.

Es war ihm bewusst, dass eine weitere Diskussion ins Leere gegangen wäre.

Als René gegangen war, warf sich Francine aufs Bett. Tränen rannen ihr über das Gesicht, und sie wünschte sich nichts mehr, als schnellstens wieder nach Hause zu fliegen.

*****

Als Francine am nächsten Morgen herunterkam, saß René schon im Frühstückssaal.

Francine überlegte kurz, sich woanders hinzusetzen, ging dann aber doch zum Tisch von René.

„Guten Morgen, Francine!"

René war aufgestanden, um Francine einen Platz anzubieten. Francine nickte und nahm Platz.

„Können wir reden?", fragte René vorsichtig, und Francine antwortete:

„Das werden wir wohl müssen."

„Es tut mir unendlich leid, dass ich uns in diese Situation gebracht habe", sagte René, *„ich hoffe, du kannst mir verzeihen."*

Francine sah René an. Sie überlegte und sagte dann:

„*Ich verstehe nicht, auf was hinauf du angenommen hast, dass zwischen uns etwas sein könnte*", erwiderte Francine, „*ich kann mich nicht erinnern, dir je einen Grund dafür gegeben zu haben.*"

René zog vor, nicht darauf zu antworten. Stattdessen sah er Francine einfach nur in die Augen, was diese wiederum zu verwirren begann.

„*Kannst du mir bitte sagen, wie das weitergehen soll?*", fragte Francine, und René antwortete:

„*Ich könnte verstehen, wenn du unsere Reise sofort abbrechen wolltest; aber das ist nicht so einfach.*"

„*Wieso?*", fragte Francine.

„*Weil wir unseren Rückflug nicht so ohne Weiteres umbuchen können*", antwortete René.

„*Und was machen wir jetzt?*", fragte Francine, worauf René antwortete:

„*Ich würde dir gern einen Vorschlag machen, wenn du erlaubst.*"

Francine antwortete nicht, sie zuckte stattdessen nur mit den Schultern.

„Wir könnten die Reise wie geplant fortsetzen, und ich würde das geplante Zimmer in Saas-Fee in zwei Einzelzimmer umbuchen.

Außerdem würde ich dir versprechen, dir meine Heimat in meiner Eigenschaft als Freund zu zeigen, ohne dir irgendwelche Avancen zu machen.

Du kannst mir glauben, ich habe meine Lektion gelernt. Jetzt liegt es an dir, inwieweit du bereit bist, mir zu vertrauen."

Francine sah René eindringlich an. Er hatte sich ihr gegenüber bisher nie unangemessen verhalten, und außerdem mochte sie ihn ja auch.

„Ich bin einverstanden", antwortete Francine, *„aber ich habe ein paar Bedingungen. Du fährst heute noch nach Saas-Fee voraus und regelst das mit den Zimmern.*

Inzwischen mache ich noch einen wichtigen Besuch in der Nähe und komme dann später nach. Und die leidige Angelegenheit von heute Nacht vergessen wir ganz einfach. Geht das für dich in Ordnung?"

„Sehr sogar", antwortete René, sichtlich erleichtert. *„Du wirst deine Entscheidung nicht bereuen."*

„Das hoffe ich, René", antwortete Francine.

*****

Nachdem René das Hotel verlassen hatte, ließ sich Francine ein Taxi kommen.

„Kennen Sie die Privatklinik Birngruber in Winterthur?", fragte sie den Taxifahrer, worauf dieser antwortete:

„Die kenne ich, da fahre ich öfter Gäste hin."

Je näher sie der Klinik kamen, umso unruhiger wurde Francine. Sie musste an die Eltern von Jaques denken, mit wie viel Ängsten ihre Flucht wohl verbunden gewesen sein musste.

Francine wünschte, Jaques säße an ihrer Seite und würde ihre Hand halten. Oder vielleicht aus Osvaldo.

„Gefällt es Ihnen hier bei uns, gnädige Frau?", fragte der Fahrer, in Vorbereitung auf ein ordentliches Trinkgeld. Er hatte im Laufe der Jahre gelernt, seine Fahrgäste einzuschätzen. Und dass er gerade eine vornehme und gut betuchte Dame chauffierte, davon war er überzeugt.

„Ich kann dazu nichts sagen", antwortete Francine, *„ich bin erst in der Nacht angekommen, und ich war zuvor noch nie in der Schweiz."*

„Von wo kommen Sie, gnädige Frau?", fragte der Fahrer weiter.

„Aus Haiti", antwortete Francine, worauf der Fahrer aufgeregt antwortete:

„*Das ist ganz schön weit. Das ist doch dort, wo schöne Frauen Hula-Hula tanzen*", gab der Fahrer sein Wissen wieder.

„*Nicht ganz*", antwortete Francine lächelnd, „*das ist auf Hawaii.*"

Der Fahrer beschloss die Unterhaltung auf ein Terrain zu verlegen, bei dem er sich besser auskannte.

„*Sind Sie zur Erholung da oder wollen sie vielleicht Skifahren?*"

„*Das weiß ich selber nicht so genau*", antwortete Francine, „*das muss ich erst noch herausfinden.*"

Als sie kurz darauf bei der Klinik vorfuhren, war Francine froh, die Unterhaltung beenden zu können, und der Taxifahrer sah sich, durch das noble Trinkgeld darin bestätigt, dass er mit seiner Einschätzung des Fahrgastes richtig gelegen hatte.

„*Guten Tag, mein Name ist Francine vorm Walde, und ich hätte gern den Herrn Professor Birngruber gesprochen.*"

Mit diesen Worten überreichte Francine ihre Visitenkarte der Dame beim Empfang.

Diese nahm die Karte entgegen, studierte sie kurz, bat Francine, sie möge bitte Platz nehmen und griff dann zum Telefon.

Es dauerte nicht lange, und eine aparte, schlanke Frau, so um die fünfzig, kam auf Francine zu.

„Sie sind Frau vorm Walde?", sagte sie und streckte Francine die Hand entgegen.

„Ich bin Philippa Birngruber, die Enkelin von Professor Birngruber. Darf ich Sie bitten, mit mir zu kommen?"

Francine stand auf und gab Philippa die Hand. Dann folgte sie ihr in ihr Büro.

Das Büro glich eher einem Wohnraum als einem Büro. Neben dem Schreibtisch waren noch weitere Möbelstücke angeordnet. Eine Sitzgruppe aus Leder, ein Tisch mit Stühlen und eine Anrichte, auf welcher Getränke standen.

Auf dem Boden lagen kostbare Teppiche und an den Wänden hingen Bilder zeitgenössischer Künstler.

Francine schaute sich um, worauf Philippa sagte:

„Ich nehme an, es überrascht sie, was Sie hier sehen."

„Ein wenig schon", antwortete Francine zögerlich.

Philippa lächelte.

„Das ist mein zweites Zuhause", erklärte sie, *„hier verbringe ich weit mehr Zeit als in meinem Wohnhaus."*

Die beiden Frauen sahen sich an. Der Sympathiefunken war augenblicklich auf beide übergesprungen.

„Und bevor Sie mich fragen", fuhr Philippa fort, *„ich bin bekennender Single, und das wird sich auch nicht ändern.*

Aber jetzt zu Ihnen. Verraten Sie mir, was Sie zu mir geführt hat? Ich hatte zwar sofort eine Ahnung, als mir Ihr Name genannt wurde, Frau vorm Walde, aber ich würde es trotzdem gern von Ihnen hören."

„Bitte, nennen Sie mich <Francine>", erwiderte Francine, worauf Philippa spontan antwortete:

„Dann bin ich <Philippa> für Sie, meine Liebe oder auch nur <Phili>, wie mich meine Freunde nennen."

„Sehr gern", antwortet Francine, *„aber mir würde Philippa besser gefallen als Phili. Natürlich nur, wenn sie einverstanden sind."*

„Wenn Sie wüssten, wie sehr", erwiderte Philippa, *„das mit dem <Phili> hat irgendwann irgendwer erfunden und es machte sehr schnell die Runde. Meinem Großvater gefiel es auch nicht."*

„War der Professor Ihr Großvater?", fragte Francine, der erst in diesem Augenblick bewusst wurde, dass der Professor ja über hundert Jahre alt wäre, würde er noch leben.

„*Ja*", antwortete Philippa, „*das war er. Er war der wunderbarste Großvater, den man sich vorstellen kann.*"

Nachdem sich schon nach wenigen Minuten eine solche Vertrautheit zwischen den beiden Frauen gebildet hatte, wagte sich Francine zu fragen:

„*Was ist mit Ihrem Vater? Ist der auch Mediziner wie Sie?*"

„*Weit gefehlt*", antwortete Philippa, „*er war der Sargnagel für den Grosätti.*"[13]

Francine bereute ihre Frage und sagte:

„*Es tut mir leid; bitte entschuldigen Sie, Philippa!*"

„*Da ist nichts zu entschuldigen, Francine*", antwortete Philippa, „*und überhaupt; wollen wir nicht DU zueinander sagen?*"

Dieser Bitte entsprach Francine sofort, ohne auch nur einen Augenblick darüber nachzudenken.

Philippa war aufgestanden und zu der Anrichte gegangen, auf welcher sich diverse Getränke befanden.

„*Whiskey oder Cognac? Was möchtest du Lieber?*"

---

[13] Schweizerisch für Großvater

"Cognac", antwortete Philippa, worauf diese lachend sagte:

„Ach was; es braucht schon einen Großen, wenn ich dir meine Familiengeschichte erzählen soll. Und danach bist du dran."

Francine ließ sich von der Frau mitreißen, die noch vor wenigen Augenblicken eine völlig Fremde für sie war.

„Der Sohn vom Professor, mein Vater, war ein Hallodri von Gottes Gnaden. Auf Drängen vom Grosätti hat er das Medizinstudium begonnen, und als Belohnung einen Sportflitzer dafür erhalten.

Und anstatt zu studieren, ist er mit dem Flitzer durch die Lande gedüst und hat alles vernascht, was nicht bei drei auf den Bäumen war.

Eines seiner Opfer war meine liebe Mutter, die das Vergnügen hatte, mich allein erziehen zu dürfen, weil mein Herr Papa, nach meiner Geburt, lustig, fröhlich, weiterhin auf die Jagd gegangen ist.

Ich war fünf Jahre alt, als mein lieber Papa sein Auto um einen Baum gewickelt hat. Er war sofort tot.

Mein Grosätti hat sich damals lieb um uns gekümmert. Ich habe dann später, sehr zur Freude vom Grosätti, mit dem Medizinstudium begonnen.

Leider hat meine Mutter das Ende meines erfolgreichen Studiums nicht mehr erlebt. Ich habe meinem Vater nie verziehen, was er getan hat.

Der Grosätti hat noch lange Zeit die Klinik geleitet. Von ihm habe ich sehr viel gelernt. Und von ihm kenne ich auch die Geschichte von einem gewissen Ehepaar Paul und Maria Steiner."

Letzteres hatte Philippa mit einem kleinen Augenzwinkern gesagt. Paul und Maria Steiner waren damals die Decknamen für den deutschen Major, Hermann vorm Walde und für die Widerstandskämpferin Amélie Dubois.

„Aber jetzt zu dir, Francine", sagte Philippa, *„du bist die Tochter von den beiden, habe ich recht?"*

„Nein", antwortete Francine, *„ich bin die Schwiegertochter. Die beiden hatten nur einen Sohn."*

„Wieso hatten?", fragte Philippa, und Francine antwortete:

„Er hieß Jaques. Er war ein wunderbarer Mann und ich war seine Frau."

„Woran ist er gestorben?", fragte Philippa, *„er kann ja noch nicht so alt gewesen sein."*

„Er hatte einen inoperablen, malignen Hirntumor", antwortete Francine.

„Das tut mir sehr leid", sagte Philippa. Sie hob ihr Glas und fügte hinzu:

„Lass uns auf die Menschen trinken, die wir geliebt haben, und die unser Leben verschönert haben. Mögen sie in Frieden ruhen. "

Francine musste plötzlich daran denken, dass sie zum ersten Mal über den Tod von Jaques geredet hatte, ohne dass es ihr die Kehle zuschnürte und die Tränen in die Augen trieb.

„Ist dir etwas? ", fragte Philippa, die bemerkt hatte, dass Francine sich kurzfristig in sich zurückgezogen hatte.

Francine sah Philippa an. Sie fragte sich, ob sie ihre intimsten Gedanken mit einem Menschen teilen wolle, den sie gerade einmal eine Stunde lang kannte.

„Darf ich dich etwas fragen", sagte Francine und blickte in die erwartungsvollen Augen von Philippa.

Es waren schöne, große und klare Augen, die sich in einem offenen Blick vereint hatten, und die Vertrauen ausstrahlten.

„Natürlich, Francine", antwortete Philippa, *„alles, was du möchtest. "*

„Jaques ist noch nicht einmal ein Jahr tot, und ich hege Gefühle für seinen besten Freund. "

Philippa lächelte Francine liebevoll an, als sie antwortete.

„Wie ich dir schon gesagt habe, bin ich bekennender Single. Nicht, dass ich noch keine Amouren gehabt hätte; aber das hatte alles nichts mit Liebe zu tun. Das waren rein-sexuelle Befriedigungen."

Francine zuckte leicht zusammen, als sie das hörte. Solche Beziehungen hatte sie früher niemals, sie konnte sich das noch nicht einmal vorstellen.

„Habe ich dich jetzt geschockt?", fragte Philippa, und Francine antwortete:

„Bin ich wirklich so leicht durchschaubar?"

„Ja, das bist du", antwortete Philippa, *„aber zurück zu deiner Frage: Wenn es ein aufrechtes, reines Gefühl ist, dann solltest du dazu stehen. Ich sehe darin nichts Verwerfliches."*

Francine stand auf. Sie ging zu Philippa und umarmte sie.

„Ich bin sehr froh, dass ich dich getroffen habe", sagte sie, und Philippa antwortete:

„Das bin ich auch. Ich möchte, dass wir Freundinnen werden."

„Das sind wir, schon, liebste Philippa", antwortete Francine und fügte hinzu:

„Du musst mich unbedingt auf Haiti besuchen kommen."

„Das werde ich ganz sicher tun. Ich werde das im Geiste meines Grosättis machen, der es - trotz mehrfacher Einladungen nach dem Krieg – nie geschafft hat."

*****

Francine ließ sich am nächsten Morgen mit einem Hubschrauber nach Saas-Fee fliegen. Den Abend davor hatte Philippa sie durch diverse Bars geschleppt, und ihr das Nachtleben von Zürich nahegebracht.

Als Francine aus dem Hubschrauber ausgestiegen war, offenbarte sich ihr eine Welt von nie geahnter Schönheit. René hatte in seinen Erzählungen nicht übertrieben.

Das Wallis-Excelsior war ein Hotel der gehobenen Kategorie. René hatte für sich ein Einzelzimmer gebucht und für Francine eine Suite.

Francines Einwand, dass das nicht nötig gewesen wäre, wies er ab, mit der Begründung, er möchte damit sein Bedauern und sein Fehlverhalten wiedergutmachen.

*****

Die Tage in Saas-Fee wurden zu einem unvergesslichen Erlebnis. Allein dadurch, dass dieser Ort, der auf ca. 1800 m ü. M. liegt, autofrei ist, beschert ihm eine total reine Luft.

Die Bezeichnung Saas findet man in alten Urkunden auch als Sausa, Sauxa, Solxa und Solze, die alle vom lateinischen salis abgeleitet werden, was nichts anderes als Weide bedeutet.

Mag dieses Fleckchen Erde in grauer Vorzeit als Weide für Schafe gedient haben, so ist es heute eine Weide für gut betuchte Touristen, welche ihr – mehr oder minder Vorhandenes – Können auf den vielen Skipisten demonstrieren.

Was die Bezeichnung Fee angeht, so kann man diese mehrfach deuten. Eine davon führt auf das lateinische fetag zurück, was Mutterschaf bedeutet.

Und somit ergäbe Saas-Fee die Bezeichnung für Schafweide.

René hatte einen Plan entwickelt, was man in diesem atemberaubenden Ambiente so alles unternehmen könnte.

Der erste Ausflug führte mit der „Metro Alpin", der höchsten U-Bahn der Welt, über 476 Höhenmeter, hinauf zum Mittelallalin auf 3500 Meter.

Dort oben befindet sich das höchstgelegene Drehrestaurant der Welt. Es dreht sich in einer Stunde 360

Grad um die eigene Achse, und gibt den Blick frei auf eine imposante Bergwelt.

„Das Wetter meint es gut mit uns", sagte René, als er mit Francine in die Gondelbahn Alpin Express einstieg, um zur Talstation der Metro Alpin zu fahren.

Sie hätten auch mit der Luftseilbahn Felskinn dorthin gelangen können; aber Francine hatte die andere Variante vorgezogen.

„Ich bin sehr froh, dass ich hier sein kann", sagte Francine, die sich gar nicht sattsehen konnte, *„es ist atemberaubend schön."*

„Und ich bin dir sehr dankbar, dass ich dabei sein darf", sagte René, *„und dass du mir verziehen hast."*

„Lass es bitte genug sein, René", erwiderte Francine, *„und lass uns die Tage ganz einfach genießen. Ich bin sehr froh, dass ich dich als Reiseführer an meiner Seite habe."*

Bevor sie vom Hotel aus aufgebrochen waren, hatte René noch eine Überraschung für Francine parat.

„Die musst du bitte anziehen, die wirst du brauchen."

René überreichte Francine eine dicke Daunenjacke und ein paar feste Schuhe.

„Woher wusstest du meine Schuhgröße?", fragte Francine überrascht, und René antwortete:

„*Von einem der Zimmermädchen. Ich habe ihm erzählt, dass ich dir eine Überraschung bereiten möchte, und in Verbindung mit einem Euroschein, hat sie es für mich herausgefunden.*"

Francine musste lächeln. War sie noch vor einem Tag ziemlich ungehalten ob des Verhaltens ihres Begleiters, so war sie jetzt erleichtert, ja fast froh darüber, dass die leidige Angelegenheit aus der Welt geschafft war.

„*Du bist ein richtiger Filou, René*", sagte Francine, „*Danke, dass du dich so liebevoll um mich kümmerst.*"

Francine zog sich die Schuhe an, schlüpfte in die warme Jacke, und dann zogen die beiden los in Richtung Seilbahn.

Als sie, einem Menschenstrom folgend, zum Eingang des Eispavillon Mittelallalin pilgerten, musste Francine immer wieder stehen bleiben, um ihr Erstaunen zum Ausdruck zu bringen.

„*Es ist zum Weinen schön*", sagte sie, „*ich wünschte, Jaques wäre hier.*"

Diese Worte machten René einmal mehr klar, dass kein anderer Mann an Francines Seite Platz finden könnte.

„*Warte, bis wir im Inneren der Höhle sind*", erwiderte René, „*so etwas hast du noch nicht gesehen.*"

Und dann standen sie inmitten einer jahrtausendalten, 5500 m³ großen Gletscherwelt, in welche Künstler Skulpturen aus Mystik, Märchen und Sagen gemeißelt haben, die mit Lichteffekten den Besucher in ihren Bann ziehen.

Der Feegletscher Eispavillon Mittelallalin in Saas-Fee wird als das achte Weltwunder bezeichnet.

„Ich bin noch ganz benommen von diesem unglaublichen Erlebnis", sagte Francine, als sie später im „Rundherum", wie das Drehrestaurant auch genannt wird, saßen.

„Es freut mich, wenn es dir gefallen hat", antwortete René, *„und zur Belohnung gibt es heute Abend ein echt schweizerisches Käsefondue. Hast du so etwas schon einmal gegessen?"*

„Nein", antwortete Francine, *„da bin ich aber schon sehr gespannt."*

Francine war überrascht, als René sie am Abend in eine Lokalität führte, die etwas außerhalb gelegen war. Sie hatte erwartet, dass sie im Hotel speisen würden.

„Warum essen wir dieses Fondue nicht im Hotel?", fragte sie, und René antwortete:

„Das ist mir zu sehr Schickimicki; da, wo wir jetzt hingehen, ist es uriger. Da werden wir eher keine Touris finden."

„*Aber wir sind doch auch Touris*", sagte Francine mit einem feinen Lächeln.

„*Ja, schon*", erwiderte René, „*aber eben ganz besondere.*"

„*Ich habe es dir heute schon einmal gesagt, René*", sagte Francine, „*du bist und bleibst ein Filou. Aber ein sehr liebenswerter.*"

„*Damit kann ich sehr gut leben*", erwiderte René und bot Francine seinen Arm an. Francine hakte sich ein, und dann machten sich die beiden besonderen Touris auf den Weg zum Unternehmen „Käsefondue".

Das Walliser Käsefondue wird aus fünf verschiedenen Käsesorten hergestellt: Raclette, Greyerzer, Emmentaler, Appenzeller Käse und Freiburger Vacherin.

Weißwein (Fendant oder Gutedel) erhitzen und Käse hineinreiben. Dazu kommen Muskat, Pfeffer, Schlagobers und eine Knoblauchzehe.

Zum Abbinden nimmt man 1 EL Erdapfel- oder Maisstärkemehl.

Diese Mischung wird in einen speziellen Topf aus Keramik, dem Caquelon gefüllt und zum Warmhalten über einen Rechaud gesetzt.

Nun werden geschnittene Stücke aus Weißbrot auf eine lange Gabel gespießt und in die Käsemasse gehalten. Durch kreisende Bewegungen saugt sich das Brotstück mit Käse an und ist zum Verzehr bereit.

Wer beim Fondueessen seinen Brotwürfel von der Gabel im Caquelon verliert, dem drohen „Strafen". Während es bei „Asterix und Obelix" noch zwanzig Peitschenhiebe waren, begnügt man sich in der Schweiz mit einer Runde Kirschwasser oder einer Flasche Wein für die Teilnehmer.

Die genaue Herkunft des Käsefondues ist unklar. Die Schweizer erheben ebenso den Anspruch darauf wie die Savoyer in Frankreich.

Das erste Rezept in deutscher Sprache stammt von Anna Maria Gessner, einer Frau aus Zürich. Sie schrieb 1699:

„Thu ein halb glässlin voll wein in ein blatten und die glutpfann und thu geschabten oder zerrinnen feissen alten käss darein und lass ihn im wein kochen, biss er gantz zergangen und man den wein im kusten nit mehr gespürt."

Das Lokal, in welches René Francine geführt hatte, war tatsächlich urig, so wie es René auch beschrieben hatte. Es war auch nicht besonders groß. Ein paar Einheimische saßen an den wenigen Tischen und unterhielten sich in einer Sprache, welche Francine nicht zugänglich war.

Das „Grüezi mitenand"[14], welches René den Anwesenden beim Eintreten entbot, wies ihn augenblicklich als „Eingeborenen" aus, und wurde auch sofort erwidert.

---

[14] Grüß Gott miteinander

René setzte sich mit Francine an einen freien Tisch und bestellte bei der Kellnerin das Fondue, und dazu eine Flasche Petite Arvine, eine der traditionsreichsten Rebsorten aus dem Wallis.

Als die Kellnerin das Fondue brachte, drang ein intensiver, würziger Geruch aus dem Caquelon in Francines Nase.

„Das duftet wunderbar", sagte Francine und sah zu, wie sich René das erste Brotstück auf die Gabel spießte, in den Topf steckte und begann, darin umzurühren.

Francine tat es ihm gleich, und sie war ein wenig aufgeregt, was sich auf ihren Wangen widerspiegelte.

René zog seine Gabel heraus und steckte das käseumschlungene Brotstück in den Mund.

Francine machte es genauso; jedoch mit einem unterschiedlichen Ergebnis. Das Brotstück hatte sich von der Gabel gelöst.

„Jetzt müsstest du zur Strafe eigentlich ein Kirschwasser trinken", sagte René lachend, worauf Francine antwortete:

„Was heißt hier eigentlich? Das machen wir auf jeden Fall. Und außerdem hilft er ja auch beim Verdauen."

„Also das mit der Wirkung von geistigen Getränken als Verdauungshilfe ist ja sehr umstritten", for-

mulierte René vorsichtig seine Bedenken, *„und au-ßerdem befindet sich Kirschwasser auch sehr wahr-scheinlich schon im Fondue selber. "*

„Willst du etwa kneifen? ", fragte Francine.

„Nein, natürlich nicht", antwortete René, worauf Francine die Kellnerin bat, sie möge zwei Kirschwas-ser bringen.

„Wenn du die Gabel herausziehen willst, dann musst du das ganz behutsam machen", versuchte René Francine vor weiteren Strafen zu bewahren, und führte das Prozedere langsam vor.

„Das werde ich schon schaffen", antwortete Fran-cine, was ihr auch beim nächsten Mal gelang.

War es nun Absicht oder nicht, Francines Brotstü-cke verblieben immer einmal wieder am Grund des Caquelon zurück.

Das führte zu einer großen Erheiterung; aber nicht nur bei Francine, sondern auch bei den anderen Gäs-ten, welche das Schauspiel mit viel Wohlgefallen betrachteten.

Kirschwasser um Kirschwasser kam, und es dauer-te nicht lange, bis Francine die gesamte Schar der Gäste mit einbezog.

Schon bald rückte man die Tische zusammen und ein babylonisches Sprachgewirr ergoss sich im Lokal, von dem Francine wohl nichts verstand, sich aber bestens verstanden fühlte.

Auf einmal erklang Musik. Einer der Gäste hatte sich eine Ziehharmonika umgeschnallt und heimische Lieder angestimmt.

Francine ließ sich erfassen vom Gesang ihrer Walliser Freunde, und nach und nach entrückte sie immer mehr ihrem irdischen Dasein.

Als sie am nächsten Morgen in die Wirklichkeit zurückkehrte, lag sie, nur bekleidet mit ihrer Unterwäsche in ihrem Bett.

Neben ihrem Bett lag ein Zettel mit der Nachricht:

„Guten Morgen, liebe Francine. Ich hoffe, du hast gut geschlafen. Ich hole dich um 11:00 Uhr ab zu einer Schlittenfahrt. Das ist ein probates Mittel zum Durchlüften eines Brummschädels.

Gez.: René, Gentleman

Als Francine das gelesen hatte, huschte ihr ein Lächeln über das Gesicht. Wenn bis zu diesem Zeitpunkt noch ein kleiner Rest von Ressentiment gegen René bestanden haben sollte, so war er jetzt endgültig gelöscht.

Francine stand auf und ging ins Bad. Sie duschte, zog den Bademantel an und stellte sich danach an das offene Fenster.

Mit jedem tiefen Atemzug kehrten die Lebensgeister allmählich wieder zurück.

Um Punkt 11:00 Uhr traf Francine René, der in der Hotelhalle schon auf sie wartete. Ihre Augen hatte sie mit einer Sonnenbrille verdeckt.

„Guten Morgen, René", sagte Francine, *„und vielen Dank, dass du mich gestern ins Bett gebracht hast."*

„Das habe ich gern gemacht", antwortete René mit einem verschmitzten Lächeln.

„Und war etwas?", fragte Francine zögerlich.

„Was meinst du damit, Francine?", erwiderte René, *„was soll gewesen sein? Hast du meine Nachricht nicht gelesen?"*

Beinahe wäre Francine eine Dummheit herausgerutscht. Sie wollte gerade sagen, dass sie wohl kaum jetzt hier wäre, wenn sie den Zettel nicht gelesen hätte; konnte sich aber noch rechtzeitig zurückhalten.

„Doch, doch", erwiderte sie stattdessen, *„und die Idee mit der Schlittenfahrt ist fantastisch. Ich freue mich schon sehr darauf."*

Wenig später saßen sie in einem Schlitten, dick eingemummt und von zwei strammen Pferden gezogen.

Die Fahrt führte durch einen tief verschneiten Wald, und es war nur eine Frage der Zeit, bis der Nikolo mit seinem Knecht Ruprecht hinter einem Baum hervorspringen würde.

„*Ich habe leider kleinere Gedächtnislücken*", unterbrach Francine das Schweigen mit einer dicken Untertreibung. „*Kannst du mir vielleicht erzählen, wie der Abend zu Ende gegangen ist?*"

„*Wenn deine Frage dahingeht, ob du dich ladylike benommen hast, dann ist die Antwort JA*", antwortete René. „*Die anderen Gäste waren begeistert von dir. Du hast sogar Brüderschaft mit Ihnen getrunken.*"

Francine erschrak. Sie versuchte das Bild zu verdrängen, welches sich gerade vor ihr aufzubauen begann.

„*Ist das wirklich wahr?*", fragte sie zögerlich.

„*Aber ja doch*", antwortete René, „*sie haben dich sogar zur Walliserin ehrenhalber ernannt.*"

„*Oh mein Gott*", entfuhr es Francine, „*daran ist nur das Kirschwasser schuld.*"

„*Aber, dass du alle eingeladen hast, dich auf Haiti zu besuchen, daran erinnerst du dich schon noch, oder?*", fragte René.

Nachdem Francine nicht darauf antwortete, und sie im Schlitten nur starr da aß, besann sich René und sagte:

„Das mit der Einladung war ein Scherz; aber das mit dem Brüderschaft Trinken, das stimmt."

„Ich glaube, ich muss sofort abreisen", sagte Francine, worauf René lachend antwortete:

„Das ist Unsinn. Du hast nichts gemacht, wofür du dich schämen müsstest. Du hast nur ein paar Einheimischen eine riesengroße Freude gemacht."

Francine sagte nichts. Sie begann die Dinge so zu sehen, wie sie René gerade eben ihr dargelegt hatte. Sie hakte sich bei ihm ein und hauchte ein „Danke René!"

Für die kommenden Tage hatte René einen ganz besonderen Ausflug geplant. Eine Fahrt mit dem Glacier-Express von St. Moritz nach Zermatt.

Dieser Zug wird auch als der „langsamste Schnellzug der Welt" bezeichnet, weil er dem Reisenden genügend Zeit gibt, die Schönheit der Natur zu fotografieren oder auch nur ganz einfach in sich aufzusaugen.

René hatte einen Mietwagen gebucht, mit welchem er Francine nach St. Moritz chauffierte. Die Fahrt mit etwas über 400 Kilometer entpuppte sich als ein einziger Augenschmaus.

Es ging sehr zeitig los. Von Saas-Fee führte die Fahrt zum Lago Maggiore, und nach einer kurzen Rast weiter zum Lago di Como. Dort aßen die beiden zu Mittag.

Dann ging es weiter, entlang der Oberengadiner Seenregion, vorbei an Corvatsch, Diavolezza, Lagalb und Corviglia, bis St. Moritz.

Es war schon früher Abend, als René und Francine bei ihrem Hotel vorfuhren. René bot Francine an, den luxuriösen, mondänen Urlaubshotspot eingehend zu erkundigen, was diese aber mit den Worten ablehnte:

„Die vielen Eindrücke von heute muss ich erst einmal verarbeiten.

Und außerdem ist das nicht meine Welt. Das war sie nie, und das wird sie auch nie sein. Ich möchte mich nur kurz frisch machen, eine Kleinigkeit essen und dann früh zu Bett gehen. "

Francine war erstaunt, als René ihr eröffnete, dass er das ganz genauso sehe, und dass sie so für die morgen beginnende Fahrt mit dem „Excellence Class Glacier-Express" gut ausgeruht wären.

Am nächsten Morgen bestiegen Francine und René, nach einem ausgiebigen Frühstück, den Glacier-Express, um in Richtung St. Moritz zu fahren.

Erster Höhepunkt war die Fahrt entlang der „Albulalinie". Dabei geht es – dank Solisviadukt (86 Meter hoch und 164 Meter lang), Landwasserviadukt (65 Meter hoch und 136 Meter lang) oder der Kehrtunnels - auf über 1000 Meter.

Nächster Höhepunkt war die „Rheinschlucht (Ruiaulta). Das ist eine bis zu 400 Meter tiefe und rund 13

Kilometer lange Schlucht, und liegt vor den Toren der Alpenstadt Chur. Man nennt sie auch den „Swiss Grand Canyon".

Und den letzten Höhepunkt bildete die Fahrt über den Oberalppass, mit einer Passhöhe von 2044 Metern.

Das während der Fahrt servierte 5-Gänge-Menü war zwar von exzellenter Qualität, verblasste aber dennoch neben der abenteuerlichen Fahrt über Viadukte, durch Tunnels und über Pässe.

Die unbeschreiblichen Blicke aus dem fahrenden Zug auf Berge, Seen, Täler und Städte drohten die begeisterten Fahrgäste schier zu erschlagen.

Francine und René gaben sich ebenso ihrem Erstaunen hin, wie die restlichen Fahrgäste. Die Tatsache, dass alle an einem Fensterplatz saßen, und dass vor allem der Blick nach oben frei war, verschaffte die Möglichkeit, hemmungslos zu filmen und zu fotografieren.

Während René sich der Fraktion „Klick-Klick" angeschlossen hatte, ließ Francine all diese Schönheit in tiefer Demut und Dankbarkeit in sich hineinfließen.

Als dann der Gornergrat und das Matterhorn in ihrem Blickfeld erschien, und sich wenig später „ds Hore" oder „ds Horu" (das Horn), wie ihn die Einheimischen nennen, auf dem Riffelsee widerspiegelte, neigte sich die Fahrt ihrem Ende zu.

Von Zermatt nach Saas-Fee waren es dann nur noch 40 Kilometer, welche die zwei Abenteurer mit einem Taxi zurücklegten.

Für den Abend hatte Francine René zu einem Abschiedsessen ins Hotelrestaurant eingeladen. Aber zuvor hatte sie noch ein Geschenk für ihn besorgt.

Als René am Abend in den Speisesaal des Hotels kam, saß Francine schon am Tisch. Sie hatte ein wunderschönes, dunkelgrünes Kleid an, und um ihren Hals hing eine Kette aus schwarzen Perlen.

René ging zum Tisch, ergriff die Hand von Francine und küsste sie. Danach holte er seine zweite Hand, die er hinter seinem Rücken versteckt gehalten hatte, hervor und überreichte Francine eine Schatulle.

„Das ist für dich, sagte er, *„es soll dich immer an die wunderbare Reise erinnern, welche ich mit dir machen durfte."*

Francine öffnete die Schatulle und entnahm ihr ein Leder-Halsband mit einem Edelweiß-Anhänger aus Elfenbein.

„Vielen Dank, René", sagte Francine voller Freude, *„das ist ja wunderschön."*

Der Kellner war an den Tisch gekommen und brachte eine Flasche Champagner. Er füllte die Gläser und zog sich dann diskret zurück.

„Auf diese gelungene Reise und auf dich, René", sagte Francine. *„Ich danke dir, dass du mir, auf so eindrucksvolle Weise, deine Heimat nähergebracht hast."*

„Ich danke dir, liebe Francine", erwiderte René, *„es war mir eine Ehre, und, ein ganz besonderes Vergnügen, dich begleiten zu dürfen."*

Die beiden Freunde prosteten einander zu, und als René sein Glas wieder abgesetzt hatte, sagte er:

„Es tut mir leid", sagte René, *„dass ich dem Dresscode nicht Genüge tun kann; aber ich habe nicht damit gerechnet, dass ich einen Smoking brauchen könnte."*

„Warum sagst du das?", fragte Francine, leicht vorwurfsvoll, *„an deinem Erscheinen ist nicht das Geringste auszusetzen. Und außerdem kommt es immer darauf an, wer im Anzug drinsteckt."*

„Ich dacht nur, weil du so wunderschön bist in deinem fantastischen Kleid", erwiderte René.

„Genug damit", sagte Francine jetzt energisch, *„wir wollen bestellen; ich habe Hunger."*

„Einverstanden", sagte René und winkte den Kellner herbei.

„Auf was hast du Appetit?", fragte René, während er die Speisekarte studierte.

„Ich möchte dich bitten, dass du für uns aus-
suchst", antwortete Francine und René fragte weiter:

„Fisch oder Fleisch? "

„Ist mir egal", antwortete Francine, *„alles; aber*
auf keinen Fall Fondue! "

Menü

Hühnerleberpâté
Tomatensuppe
Boeuf Stroganoff mit
Pommes allumettes
Birnen-Tartelettes

Zu dieser köstlichen Menüfolge wurde eine „Petite
Arvine" gereicht, einer der großen Weißweine aus
dem Wallis, der am Gaumen häufig an Rhabarber
erinnert.

Als Francine und René zu Ende gespeist hatten,
entnahm Francine ihrem Täschchen ein kleines Etui
und reichte es René.

René öffnete es, und seine Augen gingen beinahe
über, als er den Inhalt sah.

Es war eine TRASER H3 Pathfinder Herrenuhr, eine
Schweizer Militäruhr, wasserdicht, mit Kompassring
und Selbstleuchttechnologie.

„*Damit du auch in schwierigen Situationen immer den richtigen Weg findest*", sagte Francine, und fügte noch hinzu:

„*Schau einmal auf die Rückseite!*"

René schaute auf die Rückseite der Uhr und las:

„*Für René, den besten Reiseführer und lieben Freund.*"

„*Die ist wunderschön*", sagte René, „*darf ich sie gleich umbinden?*"

„*Aber ja, doch*", antwortete Francine, „*ich freue mich, dass sie dir gefällt.*"

René nahm seine eigene Uhr ab, steckte sie in die Tasche und legte sein kostbares Geschenk an. Dann stand er auf und ging um den Tisch herum, um Francine auf die Wange zu küssen.

Während René sich niedersetzte und seine neue Uhr betrachtete, durchströmte Francine plötzlich eine Welle des Glücks. Sie musste an Osvaldo denken, und daran, dass sie ihn schon sehr bald wiedersehen würde.

Und dann würde er das Herz mit den Punkten, die er auf das Briefpapier gemalt hatte, mit Worten füllen. Und es würden Worte der Liebe sein.

*****

Es war früher Nachmittag, als die Maschine auf dem Aéroport international Toussaint Louverture landete.

René hatte während des Fluges wieder die meiste Zeit über geschlafen. Francine jedoch war viel zu aufgeregt. Mit jedem Kilometer, dem sie sich Osvaldo näherte, stieg ihre Freude auf das bevorstehende Wiedersehen.

Sie hatte in den vergangenen Tagen immer wieder den Brief von Osvaldo gelesen, welchen er ihr beim Abflug gegeben hatte. Und sie hatte sich immer wieder gefragt, ob sie sich denn neu verlieben dürfte, oder ob es nicht Verrat an Jaques wäre.

Je näher sie Haiti kam, umso weiter rückten ihre Bedenken ab von ihr. Jaques hätte sicher nichts dagegen, dass sie ihr Herz neu vergeben würde.

Es ging ja auch nicht um irgendjemanden, sondern um den besten Freund von Jaques. Und zudem würde Jaques ja seinen Platz in Francines Herzen dadurch nicht verlieren.

Francine sah Osvaldo schon von Weitem. Bei seiner stattlichen Größe war es kein Wunder, zumal er auch in Uniform war.

Osvaldos Lächeln war wie ein Sonnenaufgang und überstrahlte alles. Die ganze Empfangshalle war erfüllt davon. Francine ließ ihren Koffer stehen und eilte auf ihn zu.

Sie wäre Osvaldo am liebsten um den Hals gefallen und hätte ihn geküsst. Aber ein undefinierbares Gefühl hielt Francine zurück.

War es die Unsicherheit, welche sie davon abhielt? War sie sich auf einmal gar nicht mehr so sicher, dass es Liebe war, welche sie glaubte, für den Mann zu empfinden?

Oder empfand Osvaldo nur Freundschaft zu ihr, und sie hatte in den Brief etwas hineininterpretiert, das am Ende gar nicht vorhanden war?

Fragen über Fragen; aber keine Antwort.

Francine blickte zu René und war plötzlich sicher, dass seine Gegenwart der Grund dafür war. Sie wollte René nicht brüskieren, der in den vergangenen Tagen so ein lieber Freund für sie war.

Francine streckte Osvaldo die Hand entgegen und sagte:

„Hallo, Osvaldo, wie schön, dass du uns abholst."

Osvaldo schien verwirrt. Er hatte sich das Wiedersehen mit der Frau, die er schon seit langer Zeit anbetete, ganz anders vorgestellt.

Er ergriff Francines Hand, rang sich mühsam ein Lächeln ab und sagte:

„Ich freue mich, dass ihr wieder wohlbehalten gelandet seid"

146

Dann ging er zu der Stelle, an welcher Francine ihren Koffer fallengelassen hatte und fragte im Vorbeigehen:

„Hallo René, wie war die Reise?"

René, der das Ganze beobachtet hatte, verstand nicht, was da gerade passiert war. Die Begrüßung der Beiden schien ihm mehr als fragwürdig.

„Es war wunderschön", antwortete René verstört, *„und es war mir eine große Ehre, einer so bezaubernden Frau, wie Francine, meine schöne Heimat zeigen zu dürfen."*

„Das freut mich, René", erwiderte Osvaldo, *„und danke, dass Sie unsere Francine wieder wohlbehalten zurückgebracht haben."*

Hatte Francine noch bis eben an eine neue, große und wunderbare Liebe geglaubt, die sie mit Osvaldo eingehen würde, so wurde sie jetzt von heftigen Zweifeln heimgesucht.

„Aber warum hat er mir diesen Brief mit auf die Reise gegeben?", fragte sie sich, *„das macht doch alles gar keinen Sinn."*

„Können wir dann fahren?", fragte Osvaldo, *„ich habe nicht so viel Zeit."*

Es waren weniger die Worte, welche Francine wie Nadelstiche trafen, als viel mehr der unterkühlte Ton, den Osvaldo dabei anschlug.

„*Natürlich, Osvaldo*", antwortete Francine, „*aber wenn du es schon sehr eilig hast, dann kann ich mir auch ein Taxi nehmen.*"

Francine hätte sich am Liebsten die Zunge abgebissen, nachdem sie das gesagt hatte. Sie war so sehr verletzt, dass sie sich zu dieser dummen Äußerung hatte hinreißen lassen.

„*Nein*", antwortete Osvaldo fast ein wenig schroff, „*so eilig habe ich es dann auch wieder nicht.*"

Osvaldo erging es gerade ähnlich wie Francine. Auch er hatte seinem verletzten Stolz das Wort erteilt, und er bereute es zutiefst.

„*Was war geschehen?*", schoss es ihm durch den Kopf, „*dass sie so lieblos miteinander umgingen?*"

„*Dann trennen sich hier wohl unsere Wege*", beendete René das seltsame Zwiegespräch zwischen den beiden. Er gab Francine die Hand und fügte hinzu:

„*Unsere Reise wird mir unvergesslich bleiben, und vielen Dank für die schönen Tage.*"

„*Auch mir wird sie unvergesslich bleiben, René*", erwiderte Francine, gab ihm einen Kuss auf die Wange und flüsterte:

„*Du bist ein ganz besonderer Mensch, René. Bitte, lass uns Freunde bleiben.*"

Osvaldo öffnete die Tür seines Wagens und ließ Francine einsteigen.

„Ich bin hundemüde und freue mich schon auf mein Bett", versuchte Francine eine Unterhaltung in Gang zu bringen.

Osvaldo begnügte sich mit einem Kopfnicken und hielt den Blick streng auf den Verkehr gerichtet. Als sie bei der Villa angekommen waren, wagte Francine einen weiteren Versuch.

„Möchtest du noch auf einen Sprung hereinkommen?"

„Nein", antwortete Osvaldo, *„ich muss auf die Dienststelle."*

„Ich dachte, wir müssten reden, wenn ich zurück bin", sagte Francine, und sie bemühte sich heftig, gegen die aufkommenden Tränen anzukämpfen.

„Ein anderes Mal, Francine", antwortete Osvaldo, *„ich kann jetzt nicht."*

Damit stieg er aus, ging um den Wagen herum und öffnete die Tür. Francine stieg aus. Es drängte sie, Osvaldo einen Kuss auf die Wange zu geben; aber sie tat es nicht. Stattdessen drehte sie sich abrupt um und ging ins Haus. Osvaldo blieb noch eine Weile stehen; dann fuhr er mit einem Höllentempo davon.

*****

Am nächsten Tag fuhr Francine zur Plantage. Sie wollte Jean-Marie von ihrer Rückkunft persönlich Kenntnis geben, anstatt zu telefonieren.

Jean-Marie umarmte Francine, hob sie in die Höhe und rief laut:

„Willkommen daheim, liebste Francine!"

„Lass mich wieder runter, du verrückter Kerl!", erwiderte Francine, welche die herzliche Art der Begrüßung gierig in sich aufsog. Es tat ihr richtig gut nach dem gestrigen, unerfreulichen Erlebnis.

„Wie war es in der Bergen? Bist du viel herumgeklettert, während wir hier geschuftet haben?"

Francine badete sich in der Unbekümmertheit und der Fröhlichkeit von Jean-Marie, und sie war froh, dass sie zu ihm gefahren war.

„Hat dich Osvaldo am Flughafen abgeholt?", frage Jean-Marie, *„er war ja in den letzten Tagen fast nicht mehr auszuhalten."*

„Wie meinst du das?", antwortete Francine.

„Nun, er hat mich mehrmals am Tag gefragt, wann du zurückkommst. Man könnte fast glauben, er wäre in dich verliebt."

In Francines Kopf schossen die Gedanken wie Blitze hin und her. Sie schaute Jean-Marie ungläubig an.

„*Ist alles in Ordnung?*", fragte Jean-Marie besorgt, „*ist dir nicht gut? Möchtest du vielleicht ein Glas Wasser?*"

Und noch bevor Francine darauf antworten konnte, hörte sie eine Stimme, die sagte:

„*Sie braucht kein Glas Wasser. Sie braucht einen großen Schluck Klarheit.*"

Francine und Jean-Marie drehten sich um. In der Tür stand Cécilie, die Voodoo-Priesterin. Sie hatten sie nicht kommen gehört.

„*Was meinst du damit, Cécilie?*", fragte Jean-Marie.

Die Voodoo-Priesterin deutete auf Francine und sagte:

„*Frag sie; sie weiß es.*"

Cécilie drehte sich um, und beim Weggehen sagte sie noch:

„*Jean-Marie weiß, wo du mich finden kannst.*"

„*Diese Frau ist mir unheimlich; sie macht mir Angst.*"

Francine sagte das mit zittriger Stimme. Sie fröstelte ein wenig dabei; so, als hätte sie Fieber.

„*Du musst vor dieser Frau keine Angst haben*", erwiderte Jean-Marie. „*Ich kenne sie, seit ich ein Kind war. Sie tut niemandem etwas Böses.*

Aber erkläre mir bitte, was hat sie vorhin damit gemeint, als sie sagte, du wüsstest, was sie meint."

„*Nichts*", antwortete Francine, „*diese alte Hexe plappert nur dummes Zeug.*"

Jean-Marie war in hohem Maße erstaunt, als er Francine das sagen hörte. Und er war überzeugt, dass er wohl gerade in ein Wespennest gestochen hatte.

Francine verabschiedete sich von Jean-Marie und fuhr nach Hause.

„*Melde dich, wenn du etwas brauchst*", sagte Jean-Marie beim Abschied und gab Francine einen Kuss.

Am übernächsten Tag ging Francine in den Garten, um mit Jaques zu reden.

„*Hallo, mein Liebster, bitte, entschuldige, dass ich mich erst jetzt melde.*

Ich mache gerade eine sehr schwere Zeit durch. Seit ich von meiner Reise mit René zurück bin, läuft alles schief.

Ich habe dir doch erzählt, dass Osvaldo und ich jetzt gute Freunde sind. Nur ist es so, dass ich glaube, dass er in mich verliebt ist."

Francine machte eine kurze Pause. Sie lehnte sich zurück und las in ihren Gedanken. Danach fuhr sie fort:

„Er hat mir, vor meinem Abflug in die Schweiz, einen Brief mitgegeben, mit dem er mir seine Gefühle offenbart hat. Ich habe ihn mehrmals gelesen, und als ich in der Schweiz war, musste ich immer wieder an ihn denken."

Wieder machte Francine eine kurze Pause. Dann sagte sie resignierend:

„Vielleicht bilde ich mir das ja alles nur ein. Was meinst du?

Wärst du mir böse gewesen, wenn es gestimmt hätte? Ich meine das mit Osvaldo.

Ich mag ihn sehr. Vielleicht liebe ich ihn ja sogar. Aber das ist jetzt alles nicht mehr wichtig…"

Eine tiefe Tristesse ergriff von Francine Besitz. Sie begann zu weinen. Sie schaute mit vorwurfsvollem Blick auf den Stein und sagte:

„Warum hast du mich verlassen, mein Liebster? Ich bin so allein und du fehlst mir so sehr."

*****

Jean-Marie hatte schon mehrere Male versucht, Francine telefonisch zu erreichen. Als sie sich nicht meldete, setzte er sich ins Auto und fuhr hin zu ihr.

Er läutete, aber niemand öffnete. Jean-Marie nahm den Schlüssel, der noch immer in seinem Besitz war und sperrte die Haustür auf.

Eine seltsame Stille umfing ihn. Er rief mehrmals Francines Namen, bekam aber keine Antwort. Nachdem er in allen Zimmern nachgesehen hatte, ging er in den Garten.

Francine saß auf der Bank vor dem Gedenkstein.

„Hier bist du", sagte er erleichtert, *„ich habe mehrmals geläutet; aber du hast mich nicht gehört."*

„Hallo Jean-Marie", sagte Francine völlig apathisch, ohne ihren Blick zu heben. *„Was willst du?"*

„Nach dir schauen", antwortete Jean-Marie, *„und fragen, wie es dir geht."*

„Mir geht es gut", antwortete Francine, *„das siehst du doch."*

Jean-Marie streckte Francine die Hand entgegen und sagte:

„Komm mit, wir machen einen kleinen Ausflug."

„Ich will aber nicht", antwortete Francine.

„*Komm nur, es wird dir gefallen*", sagte Jean-Marie. Er nahm Francine bei der Hand und zog sie hoch. Dann ging er mit ihr zum Auto.

Francine ließ sich ziehen, wie ein kleines Kind, das seinen Protest dadurch ausdrückte, indem es sich sträubte.

Jean-Marie setzte Francine ins Auto und legte ihr den Sicherheitsgurt um. Dann fuhr er los. Die Fahrt ging zur Plantage und weiter zu Cécilie, der Mambo.

„*Es geht ihr nicht gut*", sagte Jean-Marie zu Cécilie, „*tu etwas!*"

Jean-Marie hatte Francine auf einen Stuhl gesetzt und war danach hinausgegangen. Cécilie lächelte. Es gab wenige, die so mit ihr hätten reden können.

Le petit Jean-Marie durfte es.

Cécilie sah Francine kurz in die Augen. Dann stand sie auf, mischte ein paar Kräuter zusammen und übergoss sie mit heißem Wasser.

„*Trink das!*"

Francine nahm das Gefäß und nippte daran. Es schmeckte bitter, und am liebsten hätte sie es ausgeschüttet.

Der Blick aus zwei großen, dunklen Augen verbot es ihr, und so trank Francine die bittere Medizin,

Schluck um Schluck, und unter unausgesprochenem Protest.

„Ich hätte gedacht, du kommst schon früher", sagte Cécilie und hielt Francines Hände dabei.

„Warum bestrafst du dich so?", fuhr Cécilie fort. *„Dein Herz weiß genau, was es will; aber dein Verstand will es nicht zulassen. Findest du nicht, dass das sehr dumm von ihm ist?"*

„Was meinst du?", gab Francine die Ahnungslose, wohlweislich wissend, was die Voodoo-Priesterin meinte.

„Dass du dich selbst belügst, das ist traurig; aber mich zu belügen, das ist dreist."

Francine erschrak. Sie wunderte sich darüber, dass diese Frau, welche gesellschaftlich weit unter ihr stand, so mit ihr sprach.

„Du bist hier in meinem Haus", sagte Cécilie, *„und du bist nicht mehr wert als ich."*

Wieder wunderte sich Francine über den harschen Ton von Cécilie. Und überhaupt, konnte sie am Ende gar ihre Gedanken lesen?

„Du bist feige, Francine", sagte Cécilie, und Francine war im Begriff aufzuspringen. Diese Frau duzte sie die ganze Zeit über und warf ihr Beleidigungen an den Kopf.

Aber so sehr sie das auch wollte, Francine wurde von imaginären Händen am Aufstehen gehindert.

„Warum hast du Osvaldo so sehr verletzt, als er dich am Flughafen abgeholt hat?"

Francine wurde schwindelig.

„Das weiß sie von Jean-Marie", war ihr erster Gedanke, den sie aber sofort wieder verwarf, als ihr bewusst wurde, dass Jean-Marie ja gar nicht dabei war.

„Dann hat sie es ganz bestimmt von René", war ihr nächster Gedanke. Aber auch den verwarf sie sofort wieder. René wusste ja nichts von den Gefühlen zwischen Francine und Osvaldo.

„Jetzt weiß ich es", schoss es Francine durch den Kopf, *„Osvaldo hat sich bei ihr ausgeweint."*

„Warum denkst du so schlecht von dem Mann, der dich liebt?"

Diese Frage raubte Francine beinahe den Verstand. Der heftige Wunsch, dieser Frau zu entfliehen wurde übermächtig. Und zu allem Überfluss fügte Cécilie noch hinzu:

„Ich habe Osvaldo zum letzten Mal auf dem Fest gesehen."

„Kannst du meine Gedanken lesen?", fragte Francine vorsichtig.

Die Antwort der Voodoo-Priesterin bestand aus einem Lächeln. Es war kein gewöhnliches Lächeln; es war wie die Sonne, die den Schnee zum Schmelzen bringt.

Und genau das passierte in diesem Augenblick. Die Angst, welche gerade noch Francine zu erschlagen drohte, wandelte sich nun um in ein Gefühl der Vertrautheit.

„Liebst du Osvaldo?"

Francine spürte, wie sich ihre Augen mit Tränen füllten.

„Sehr sogar", sagte sie mit erstickter Stimme, *„ich liebe ihn sehr."*

„Und liebt Osvaldo dich?"

Francine antwortete nicht sofort. Sie sah Cécilie fragend an.

„Bevor du antwortest, denk nach, wer antworten soll. Dein Verstand oder dein Herz. Oder vielleicht sogar beide in völliger Harmonie."

Francine verstand diese Worte nicht gleich. Aber dann fiel es ihr wie Schuppen von den Augen. Eigentlich war alles ganz einfach:

Der Verstand erinnerte sie an den Brief mit dem Herzen und den vielen Punkten, und an die liebevollen Worte am Ende.

158

Und das Herz rief ihr in Erinnerung, wie heftig es geschlagen hatte, als sie Osvaldo auf dem Flughafen sah, der sie mit verliebtem Blick erwartete.

„Ja", antwortete Francine, *„Osvaldo liebt mich ebenso sehr, wie ich ihn. Ich weiß es und ich fühle es."*

Francine hatte es mit so viel Begeisterung herausgestoßen, dass es wie eine Befreiung auf sie wirkte. Sie sprang auf und umarmte Cécilie.

„Ich danke dir so sehr, liebe Cécilie, und bitte verzeih mir all die schlimmen Worte und Gedanken, welche ich gegen dich gehegt und gesagt habe."

„Geh, und lauf zu deinem Osvaldo", erwiderte die Voodoo-Priesterin, *„und grüße ihn lieb von mir."*

Als Francine zu Jean-Marie kam, der auf sie gewartet hatte, fiel sie ihm um den Hals.

„Was ist los, Francine?" fragte Jean-Marie lachend, *„hat dich die alte Hexe etwa verzaubert?"*

„Sag nie wieder alte Hexe zu ihr", erwiderte Francine, worauf Jean-Marie antwortete:

„Die Bezeichnung stammt von dir. Hast du das schon vergessen?"

*****

Jean-Marie hatte, während Francines Aufenthalt in der Schweiz, mit Pierre zusammen das „Café créole" auf Vordermann gebracht.

Die Außenfassade war in einem zarten Blau gestrichen, die Veranda wurde ganz neu gemacht und das Dach wurde ebenfalls erneuert.

Über der Eingangstür erstrahlte ein Schriftzug im gleichen Neonlicht, wie schon früher, nur dass er dieses Mal nicht auf „Café créole" lautete, sondern einfach nur auf „Francine".

Jean-Marie hatte zu Francine gesagt, dass es Einiges zu besprechen gäbe, was die Renovierung des Cafés angeht, und dass sie sich mit Pierre dort treffen sollten. Er würde sie abholen und dorthin fahren.

Als sie vor dem Café angekommen waren, und Francine sah, was aus dem alten, fast schon verfallenen Café geworden war, stieg sie eilig aus dem Auto.

Sie rannte auf die andere Straßenseite, und es hätte nicht viel gefehlt, und sie wäre in ein Auto gelaufen.

Francine stieg eilig die Stufen hinauf und riss die Tür auf. Als sie sah, wer sich im Inneren aufhielt, entfuhr ihr ein heftiges „Oh, mein Gott!"

Es waren Pierre und Osvaldo, welche sich hinter einem kleinen Tischchen zum Empfang aufgestellt hatten, auf welchem Gläser und eine Flasche Champagner standen.

160

Osvaldo ging zu Francine und umarmte sie.

„Willkommen daheim, liebste Francine! Wie du siehst, waren wir fleißig, während du in den Schweizer Bergen herumgeklettert bist."

„Wieso bist du hier?", fragte Francine überrascht. Sie hatte, nach dem Besuch bei Cécilie, noch nicht dem Mut gefunden, sich bei Osvaldo zu melden. Sie schämte sich noch immer.

„Jean-Marie hat mich eingeladen", antwortete Osvaldo, *„und außerdem hat mich Cécilie zum Rapport bestellt."*

Francine fühlte, wie sich ein großer Knoten löste. Sie war sich sicher, dass Osvaldo ähnliche Fragen von Cécilie beantworten musste, wie sie am Tag zuvor.

Pierre Marais hatte inzwischen den Champagner in die Gläser gefüllt und hielt Francine eines entgegen.

„Herzlich willkommen in Ihrem wunderbaren Café, verehrte Francine. Ich hoffe, es gefällt Ihnen, was wir bisher gemacht haben."

„Es gefällt mir sehr, lieber Pierre", antwortete Francine, *„die Überraschung ist Ihnen gelungen."*

„Jetzt hört doch einmal auf mit der Siezerei", sagte Jean-Marie, und Francine antwortete:

„Das finde ich auch, was meinst du, Pierre?"

„*Sehr gern*", antwortete Pierre und hielt Francine sein Glas entgegen. Die beiden stießen an, und die anderen freuten sich.

„*Wie habt ihr das nur geschafft in der kurzen Zeit?*", fragte Francine.

„*Ich habe ein paar Arbeiter von der Plantage abgestellt, und den Rest hat Onkel Osvaldo mit seinen Beziehungen geschafft.*"

Francine wandte sich an Osvaldo und gab ihm einen Kuss.

„*Danke, mein Liebling*", sagte Francine, und Jean-Marie blieb beinahe das Gesicht stehen.

„*Was war das denn?*", fragte er Osvaldo erstaunt, „*habe ich da etwas nicht mitbekommen?*"

„*Wir lieben uns, Jean-Marie*", antwortete Francine, anstelle von Osvaldo, der selbst von dieser Aktion überrumpelt schien.

Francine hatte sich spontan zu diesem Schritt entschlossen. Es war ihr ein starkes Bedürfnis, von Anbeginn an mit offenen Karten zu spielen.

„*Ist das ein Problem für dich, Jean-Marie?*", fragte Francine, und sie bemühte sich, ihrer Stimme den nötigen Halt dabei zu geben.

„*Nein*", antwortete Jean-Marie, „*im Gegenteil. Ich freue mich für euch und ich wünsche euch Glück!*"

Francine war sichtlich erleichtert. Es war ihr wichtig, dass Jean-Marie dieser Verbindung zustimmte. Nicht, dass es an ihrer Entscheidung etwas hätte ändern können; aber so war ihr Glück vollkommen.

Sie ging zu Jean-Marie und küsste ihn.

„Das ist das schönste Geschenk, das du mir machen konntest. Ich habe dich sehr, sehr lieb."

In diesem Augenblick bemerkte Francine erst die Bar an der Wand aus Mahagoni, mit der verspiegelten Rückseite, auf deren Glasetageren sich Kaffeetassen in mehreren Größen widerspiegelten. Die davorstehenden Barhocker waren ebenfalls aus Mahagoni.

„Oh, mein Gott; das ist ja wunderbar", sagte Francine, und stellte sich, um die Überraschung näher zu begutachten, hinter den Tresen und schaute in den Raum hinein.

„Das ist nur ein Provisorium", sagte Pierre, *„wir können alles noch nach deinen Vorstellungen ändern."*

„Auf gar keinen Fall", erwiderte Francine, *„es ist viel schöner, als ich es mir je hätte vorstellen können. Und die Mahagonifarbe ähnelt ein wenig den gerösteten Kaffeebohnen."*

„Morgen kommt die Kuchen- und Tortenvitrine und Muster für Tische und Stühle", fuhr Pierre fort. *„Und dann musst du noch die Stoffe für die Vorhänge aussuchen."*

163

Francine bekam Tränen in die Augen. Sie blickte in die Gesichter der drei Männer, die gerade ihren Traum in die Wirklichkeit geführt hatten, und sie sagte mit tränenerstickter Stimme:

„Es ist so schön; ich danke euch."

****

Osvaldo hatte Francine nach Hause gebracht. Als sie dort angekommen waren, sagte Francine:

„Du bist mir noch eine Antwort schuldig."

„Was meinst du, Francine?"

„Die Sache mit dem Herzen und den Punkten", antwortete Francine.

Osvaldo lachte. Er nahm Francines Gesicht in seine Hände und gab ihr einen zarten Kuss.

„Weißt du, was ich jetzt möchte?", fragte Francine, *„ein schönes, heißes Wannenbad, und du wirst mir Gesellschaft leisten. Was hältst du davon?"*

Osvaldo lächelte verlegen. Es war Francine nicht entgangen. Sie hatte schon bei dem Kuss zuvor bemerkt, dass Osvaldo keinesfalls der wilde Hengst war, den man hinter seiner imposanten Gestalt vermuten hätte können.

Francine gefiel das. Solchen Männern war sie begegnet, als sie noch eine junge Frau war, und es endete jedes Mal in einer Enttäuschung.

Jaques war der erste Mann, der kein Draufgänger war, wie die jungen Wilden mit ihrem Imponiergehabe, und der einer Frau mit echter Liebe und Respekt begegnete. Und jetzt gab es Osvaldo.

„Keine Angst, mein Liebling", sagte Francine, *„wir werden es ganz langsam angehen lassen."*

„Warum sagst du das, Francine?", fragte Osvaldo, der sich gerade nicht sehr wohl fühlte.

„Weil ich es spüren kann, dass du dich ein wenig vor unserer ersten Begegnung fürchtest", antwortete Francine.

„Ist es so offensichtlich?", fragte Osvaldo.

„Das ist in Ordnung, mein Liebling", antwortete Francine, *„auch bei mir vermischen sich Sehnsucht und Angst."*

„Ist das wirklich wahr?", fragte Osvaldo erstaunt, *„du wirkst aber gar nicht so."*

„Frauen sind die besseren Schauspieler, mein Liebling", antwortete Francine lächelnd, *„aber jetzt ab in die Wanne. Du lässt das Wasser ein und setzt*

dich schon einmal hinein. Und ich werde uns etwas Gutes zu trinken und ein paar Kerzen besorgen."

Osvaldo war über den kleinen zeitlichen Vorsprung, den ihm Francine gerade verschafft hatte, sehr dankbar.

Er ließ Wasser ein, reicherte es mit einem duftenden Badezusatz an, entledigte sich dann rasch seiner Kleider und stieg hinein in die heftig schäumenden Fluten.

Francine musste lachen, als sie Osvaldo unter einem riesigen Schaumberg entdeckte. Sie war nackt und bot Osvaldo ihre ganze Schönheit dar.

Osvaldo war sehr froh über den Schaumberg, der gerade seine stark fordernde Erregung verbarg. Ein Schauer rannte über seinen Körper, als er sagte:

„Du bist so wunderschön, mein Engel, ich liebe dich!"

Francine stieg in die Wanne. Sie beugte sich zu Osvaldo hin und küsste ihn. Und war sein Kuss zuvor von großer Zurückhaltung, so war dieser von einer Wildheit, die Francine nicht erwartet hätte.

Sie spürte, wie auch ihr Körper vor Lust zu vibrieren begann, und sie flüsterte:

„Willst du mich haben?"

„Ja", antwortete Osvaldo, „ich begehre dich, seit ich dich zum ersten Mal gesehen habe."

„Dann nimm mich", erwiderte Francine, „ich will dir für immer gehören."

Ihre beiden Körper verschmolzen, getragen von tiefer Liebe und heftiger Leidenschaft, und die Tränen, welche Francine gerade über ihr Gesicht rannen, waren Ausdruck unbeschreiblicher Freude und größten Glücks.

****

Am nächsten Tag trafen alle wieder im „Francine" zusammen. Die Muster der Tische und Stühle, welche Pierre beschafft hatte, gefielen Francine ausnahmslos. Ebenso die Vitrine für Kuchen und Torten.

Francine suchte mit Osvaldo noch die Stoffe für die Vorhänge aus, denn seine Meinung war ab sofort für sie von größter Bedeutung.

In den darauffolgenden Tagen wurde Geschirr geliefert, sowie Kaffeemaschinen und diverse Malt Whiskys und Rumsorten.

Am Ende des Monats fand die große Eröffnung statt. Es war keine Feier für geladene Gäste, sondern eine Feier für jedermann.

Die Philosophie, welche Francine vertrat, sah vor, dass ihr Kaffeehaus ein Ort der Begegnung sein sollte, wo jeder, für wenig Geld, Kaffee und die Köstlichkeiten aus der Kuchen- und Tortenvitrine genießen kann.

Und um das möglich machen zu können, war ihr kleines Unternehmen nicht gewinnorientiert angelegt.

Vor der Eröffnung war Osvaldo mit einer Bitte an Francine herangetreten.

„Cécilie, die Voodoo-Mambo hat mich gefragt, ob sie eine Zeremonie, zum Schutz vor bösen Geistern, im Kaffeehaus durchführen soll", hatte Osvaldo zu Francine gesagt, und Francine hatte, ohne lange nachzudenken, geantwortet:

„Das wäre schön; denn ich habe nicht vergessen, dass sie mir einmal das Leben gerettet hat, und dass sie uns zusammengeführt hat."

Der Eröffnungstag war ein voller Erfolg. Es war so, wie es sich Francine gewünscht hatte.

Ein Querschnitt durch alle Bevölkerungsschichten war gekommen, um dem Ereignis beizuwohnen.

Am Abend, als Francine mit Osvaldo nach Hause gefahren war, ging Francine allein in den Garten.

„Hallo, mein Liebster!

Heute war ein ganz besonderer Tag. Ich habe nicht nur das „Francine" eröffnet, so, wie du es dir ge-

wünscht hast, sondern Osvaldo ist auch bei mir einge-
zogen.

Ich hoffe, du bist damit einverstanden. Du hast ja,
gesagt, ich sollte nicht alleinbleiben.

Mit Jean-Marie ist soweit auch alles in Ordnung. Er
hat sein Leben jetzt in den Griff bekommen. Ich war
übrigens mit René in seiner früheren Heimat.

Das war wunderschön. Es gab zwar zuerst ein kleines
Missverständnis; aber das haben wir sehr schnell
geklärt.

Aber jetzt muss ich wieder hinein, Osvaldo wird mich
schon vermissen. Gute Nacht, mein Liebster.

Du wirst immer in meinem Herzen bleiben, ebenso
wie Jean-Marie und Osvaldo. Es ist genug Platz für
euch alle drei."

Gerade, als sie aufstehen wollte, entdeckte Francine eine neue Gravur auf dem Stein. Osvaldo hatte sie
anbringen lassen, in Erinnerung an den schmerzhaften
Verlust, den Francine erlitten hatte. Sie lautete:

„Petit ange" – *„Kleiner Engel"*

*****

La Dessalinienne

La Dessalinienne, **die Nationalhymne von Haiti**, wurde nach Jean-Jacques Dessalines, dem Staatsgründer, benannt.

Dessalines, der Anführer der Befreiungsbewegung, wurde am 1. Januar 1804 (dem Tag der Proklamierung der Unabhängigkeit) zum Generalgouverneur Haitis auf Lebenszeit gewählt. Als Dessalines die Nachricht erhielt, Napoléon Bonaparte habe sich im August 1804 zum Kaiser gekrönt, zögerte er nicht, es ihm (am 8. Oktober 1804) gleichzutun. So war Dessalines zugleich der Begründer des Ersten Haitianischen Kaiserreichs (1804–1806). Jean-Jacques Dessalines, als Kaiser Jacques I., wurde am 16. Oktober 1806 ermordet.

Französischer Text

Pour le Pays, pour la Patrie,
Marchons unis, marchons unis.
Dans nos rangs point de traîtres!
Du sol soyons seuls maîtres.
Pour le Pays, pour la Patrie
Marchons unis, marchons unis.
Marchons, marchons, marchons unis,
Pour le Pays, pour la Patrie.

Pour les Aïeux, pour la Patrie
Béchons joyeux, béchons joyeux
Quand le champ fructifie

L'âme se fortifie
Béchons joyeux, béchons joyeux
Pour les Aïeux, pour la Patrie
Béchons, béchons, béchons joyeux
Pour les Aïeux, pour la Patrie

Pour le Pays et pour nos Pères
Formons des Fils, formons des Fils
Libres, forts et prospères
Toujours nous serons frères
Formons des Fils, formons des Fils
Pour le Pays et pour nos Pères
Formons, formons, formons des Fils
Pour le Pays et pour nos Pères

Pour les Aïeux, pour la Patrie
O Dieu des Preux, O Dieu des Preux!
Sous ta garde infinie
Prends nos droits, notre vie
O Dieu des Preux, O Dieu des Preux!
Pour les Aïeux, pour la Patrie
O Dieu, O Dieu, O Dieu des Preux
Pour les Aïeux, pour la Patrie.

Pour le Drapeau, pour la Patrie
Mourir est beau, mourir est beau!
Notre passé nous crie:
Ayez l'âme aguerrie!
Mourir est beau, mourir est beau
Pour le Drapeau, pour la Patrie
Mourir, mourir, mourir est beau
Pour le Drapeau, pour la Patrie.

Übersetzung des französischen Texts

Für das Land, für das Vaterland,
Lasst uns vereint marschieren,
Lasst uns vereint marschieren.
Keine Verräter in unseren Reihen!
Wir alleine sind Herren unseres Bodens.
Für das Land, für das Vaterland,
Lasst uns vereint marschieren,
Lasst uns vereint marschieren.
Marschieren, marschieren, marschieren wir vereint
Für das Land, für das Vaterland.

Für unsere Ahnen, für das Vaterland,
Bestellen wir fröhlich den Boden.
Wenn das Feld Früchte trägt,
Kräftigt sich die Seele.
Für das Land und für unsere Väter,
Lasst uns Söhne heranziehen,
Frei, stark und erfolgreich.
Wir werden immer Brüder sein.

Für unsere Ahnen, für das Vaterland,
O Gott der Tapferen,
Unter deinen unendlichen Schutz
Nimm unsere Rechte und unser Leben.
Für die Fahne, für das Vaterland
ist es schön zu sterben!
Unsere Vergangenheit ruft uns zu:
Habt eine mutige Seele!